Tödlein

Ein Rumpler Rosamunde-Krimi

von
Rudolf Trink

Kraffftvoll
VERLAG

Verlag Kraffftvoll KG
Seidengasse 32/4/39
1070 Wien
www.kraffftvoll.at
verlag@kraffftvoll.at

ISBN 978-3-9505275-1-3
Erste Auflage November 2022

Lektorat: Regina Erben-Hartig
Grafische Gestaltung Umschlag: Jürgen Bley
www.bli-art.at
Buch Layout: Bekim Berisha

Druck: Prime Rate Kft.
Printed in EU

Kraffftvoll
VERLAG

1.

Werner Böhnig war verwirrt. Es war Nacht, nur ein schwaches Orientierungslicht leuchtete bei seinem Bett. Eben erst, als er aufgestanden war, hatte er noch genau gewusst, was er tun wollte, aber jetzt fiel es ihm nicht mehr ein. Ein starkes Schwindelgefühl überfiel ihn, er musste sich an einem Regal festhalten, um nicht zu stürzen. Nur nicht panisch werden. Manchmal half es, einfach nur zu warten, bis die Erinnerung wiederkam. Sein schwindendes Gedächtnis trieb ihn immer wieder zur Verzweiflung. Erinnerungsfetzen zogen vorbei wie Nebelschwaden, er sah kurz das Haus, das er einmal besessen hatte, mit dem wunderbaren großen Garten, in dem er so gerne gearbeitet hatte, dann riss der Film wieder ab und er war ein kleines Kind, das in der Küche seiner Großeltern frühstückte.

Mit einem Mal war die Erinnerung wieder da. Er wollte weg, hinaus aus der Klinik. Den Aufzug konnte er nicht verwenden, das Signal der ankommenden Kabine war zu laut, Malina würde es hören und ihn sofort zurückholen. Außerdem war in letzter Zeit bei der Aufzugtüre ein elektronischer Sperrmechanismus eingerichtet worden, es wurde die Eingabe eines Codes verlangt, den er nicht kannte. Er hätte diese Frau nicht in sein Leben lassen dürfen. Niemals. Dabei hatte es so wunderbar begonnen. Sie war ihm so hilfsbedürftig und schutzlos erschienen und er hatte durch sie seine Einsamkeit, die ihn jahrelang gequält hatte, nicht mehr gespürt. Als er dann krank und schwach geworden war, hatte sie für ihn alles erledigt, ihn gepflegt und mit Medikamenten versorgt. Er hatte ihr blind vertraut und alles unterschrieben, was sie ihm vorgelegt hatte. Schließlich war er in die luxuriöse Klinik gebracht worden, wo er sich um nichts kümmern musste, aber gleichzeitig von der Außenwelt völlig abgeschirmt war. Sie war immer da, sie schlief im Nebenzimmer. Er versuchte, möglichst leise den Raum zu verlassen, stieß aber doch immer wie-

der an Möbeln an. Böhnig lauschte angespannt. Es war nichts zu hören als das leise Surren der Klimaanlage. Schließlich erreichte er die steile, nach unten führende Treppe. Sie war mit einem Schutzgitter versperrt. Er hatte mehrmals die Putzfrauen beobachtet, wie sie den Schließmechanismus betätigten und schaffte es nach einigen Versuchen tatsächlich, das Gitter zu öffnen. Nachdem er die dritte Stufe erreicht hatte, immer mit dem linken Bein voran, um das schmerzende rechte Bein nicht zu sehr zu belasten, fühlte er plötzlich eine Hand auf seiner Schulter. Er fuhr herum. Malina.

„Aber, aber, wo wollen wir denn hin mitten in der Nacht?“

Er konnte nicht antworten, sondern nur etwas krächzen, zu stark saß der Schreck in seinen Gliedern. Sie stieg ein paar Stufen hinab, stellte ein Bein hinter ihn, um einen guten Halt zu haben und nahm seinen Ellbogen. Dann ging alles ganz schnell. Sie drehte sich um die eigene Achse und gab ihm einen Stoß, der ihn rücklings die steile Treppe hinabstürzen ließ. Sie hielt kurz inne und lächelte, ein böses Lächeln, dann verzerrte sie ihr Gesicht plötzlich zu einer aufgeregten Maske, lief zu einer der in regelmäßigen Abständen an den Wänden montierten Sprechstellen und drückte den Alarmknopf,

„Malina Ilic hier. Wir hatten in der Villa einen Unfall. Herr Böhnig ist die Treppe hinabgestürzt und braucht dringend Hilfe.“

Der diensthabende Arzt und zwei Pflegerinnen waren binnen drei Minuten da. Sie stiegen rasch die Treppe zu dem Ohnmächtigen hinab, er untersuchte ihn kurz und blickte dann auf,

„wie konnte das passieren?“

„Er muss die Sperre aufgekriegt haben.“

„Wir werden sehen. Die Videoaufzeichnung.“

Der Verunfallte wurde mit einer Trage geborgen. Die Untersuchung ergab schwerste Verletzungen. Böhnig war nicht transportfähig und wurde mittels Infusionen medikamentös versorgt. Bei den darauffolgenden Untersuchungen zeigte die Überwachungskamera, die vor der Stiege angebracht war, Böhnig, wie

PROLOG:

„Tödlein, schläfst du?“

Das heisere Flüstern der alten Frau, die im schwachen Schein einer Kerze am Boden kauerte, war kaum zu hören, aber das Kind, das zitternd im Dunkel lag, verstand trotzdem jedes Wort. Es kam keine Antwort. Die Großmutter fragte nochmals, drängender,

„Tödlein, schläfst du?“

Das Kind schauderte. Es war nicht das erste Mal, dass es dieses unheimliche Ritual miterlebte. Wieder gab es keine Antwort. Eine kleine Hoffnung. Wenn das Tödlein auch auf die dritte Frage nicht antwortete, würde die Großmutter wieder zu ihrem Bett schlurfen und sich niederlegen.

„Tödlein, schläfst du?“

Die Antwort, die das Kind so gefürchtet hatte, kam in einer hohen, beinahe singenden Kinderstimme,

„ich bin wach und höre.“

Die Großmutter starrte mit geweiteten Augen auf den winzigen Sarg mit dem Skelett,

„Tödlein, ist es Zeit?“

Die bisher so leise Stimme des Tödleins schwoll plötzlich zu einem schrillen Diskant an,

„es ist Zeit. Töte!“

Der Großvater, der in der Kammer seinen Rausch ausschlief, wälzte sich unruhig im Bett hin und her und ließ einen Grunzer hören. Das Kind wusste, jetzt würde dieses unheimliche Schaben und Kratzen kommen, und bald würde wer sterben. Endlich verschloss die Großmutter den kleinen Sarg, versteckte ihn unter dem losen Dielenbrett, löschte die Kerze und schlich auf Zehenspitzen zu ihrem Bett. Dann war nur noch Finsternis, Stille. Und bebende Angst.

FÜR SEPP. DANKE FÜR DEINE FREUDSCHAFT.

Das wahrhaft Böse verbirgt sich hinter der Maske des Guten.

er die Sicherheitssperre überwand und wenig später Malina, die das geöffnete Gitter sah, die Stiege hinabging, aber gleich darauf wieder in heller Panik zurückeilte. Ein Protokoll über den Unfallhergang wurde aufgenommen, wonach der Patient in offenkundiger Verwirrung zur Stiege gegangen war, es irgendwie geschafft hatte, das Schutzgitter zu öffnen und dann wohl wegen eines Schwindelanfalls hinabgestürzt war.

Am nächsten Tag stellte sich heraus, dass die Verletzungen in Verbindung mit den starken Medikamenten zu viel für Böhnigs geschwächten Organismus waren. Er wachte nicht mehr auf.

Der Arzt, der zur Ausstellung des Totenscheins gerufen wurde, ließ sich den mutmaßlichen Unfallhergang genau schildern und war zunächst misstrauisch. Das änderte sich jedoch, als er auf dem Video sah, wie Böhnig das Schutzgitter allein öffnete. Die schweren Verletzungen passten zum Sturz über die Treppe. Das Dokument wurde ausgestellt. In der Klinik wurden die Sicherheitsmaßnahmen überarbeitet und weiter verschärft. Da Böhnig keine Verwandten hatte, übernahm die Klinik die Begräbniskosten; sein Leichnam wurde eingeäschert und die Urne beigesetzt.

2.

Maria Valsky lächelte verlegen. Die junge Frau wollte alles richtig machen bei ihrem ersten echten Klienten. Bisher hatte sie neben dem Studium noch diverse Trainings und Praktika absolviert, dabei auch den Umgang mit Demenzkranken geübt, aber mit so wirren Antworten hatte sie nicht gerechnet. Die meisten Klienten konnten zumindest einige der Fragen des von ihr vorbereiteten, nicht sehr umfangreichen Fragebogens beantworten. Bei Paul Schulz war das offensichtlich anders. Dabei machte er einen zwar geschwächten, aber trotzdem hellwachen Eindruck. Soeben hatte sie ihn zum Einstieg gefragt, welcher Werktag morgen sei. Er hatte sich im Bett aufgesetzt, sie kurz angeblickt und ohne lange zu zögern geantwortet,

„wenn man nicht gehört wird, dann muss man rufen."

Der anwesende Arzt und Leiter der Klinik, Dr. Rodriguez, sehr gutaussehend, absolut desinteressiert, zuckte resignierend mit den Schultern. Er hatte sie ja gewarnt. Trotzdem war sie ambitioniert genug, alle Antworten wortwörtlich mitzuschreiben, wie sie es gelernt hatte, in der absurden Hoffnung, vielleicht im Nachhinein doch noch einen Sinn darin zu erkennen. Die nächste Frage würde Schulz sicher beantworten können.

„Welche Jahreszeit haben wir?"

Es war ein herrlicher Frühlingstag, das Fenster stand offen, die Vögel zwitscherten. Seine Antwort war ebenso sicher wie unsinnig,

„ich mag das System nicht, aber ich mag Sie."

Es war zum Verzweifeln. Sie schrieb mit und rief sich gleichzeitig zur Ordnung. Nächste Frage.

„Wissen Sie, wieviel hundert weniger sieben ist?"

Während seiner Antwort erschien ein verlorenes, sehr sympathisches Lächeln auf seinem Gesicht,

„das weiß doch nicht einmal der Erzherzog Johann."

Auch alle anderen Antworten waren zwar klar und deutlich gesprochen, aber absolut unsinnig. Sie schrieb eine nach der anderen auf.

„Wenn ich das beantworten soll, brauche ich vorher einen Rum.“

„Die Schwester hört mich manchmal nicht, aber ich will nicht so laut sein, weil es ist mir peinlich, wenn ich so laut plärr.“

„Immerhin höre ich Ihnen zu.“

Endlich. Die letzte Frage, die letzte Antwort.

„Leider war ich Ihnen keine Hilfe.“

Es klang wie eine Entschuldigung. Der Arzt, der während der Befragung mehrmals die Augen verdreht hatte, stand auf und sah ungeduldig auf seine protzige Uhr. Er war wohl auch etwas ungehalten, weil sie seinen offensichtlichen Flirtversuch bei der kurzen Vorbesprechung klar zurückgewiesen hatte. Sie verabschiedete sich von Herrn Schulz, der es aber vorzog, kein weiteres Wort zu sprechen, sondern ihr nur mit einer angedeuteten Bewegung zuwinkte und in sein Bett zurücksank. Plötzlich wirkte er sehr alt und gebrechlich. Sie verließ rasch den Raum.

3.

Paul Schulz wusste, dass ihm die Zeit davonlief. Er war Vesna auf den Leim gegangen und hatte sich ihr völlig ausgeliefert. Sie hatte es irgendwie geschafft, zwischen ihn und seinen Neffen einen Keil des Misstrauens zu treiben, sodass schließlich zwischen ihnen keinerlei Kontakt mehr bestand. Er hatte ihr alle Vollmachten bezüglich seines Vermögens eingeräumt, wider jede Vernunft. Zudem ließ sein Gedächtnis nach, die Medikamente hatten ihm zugesetzt. Er fürchtete, dass sie auch unter sein Essen und seine Getränke gemengt waren. Vesna war immer da und überwachte ihn, Tag und Nacht. Es war entsetzlich. Ob ihn die junge Praktikantin verstanden hatte, war leider mehr als fraglich. Dr. Rodriguez war nicht einmal eine Minute von ihrer Seite gewichen und so hatte er zu der Verschlüsselung Zuflucht genommen, die er sich ausgedacht hatte, als er von dem Termin bezüglich des Fragebogens erfahren hatte. Aber vielleicht gab es für ihn noch eine zweite Chance, eine allerletzte. Als man ihn in die Klinik gebracht hatte, hatte er im Bereich der Aufnahme kurz warten müssen und währenddessen ein Gespräch zwischen zwei Pflegern mitgehört. Einen von beiden kannte er – es war niemand anderer als Robert Becker, sein ehemaliger Installateur, der sich vor einigen Jahren beruflich verändert hatte und seither im Pflegebereich arbeitete. Eben als er ihn hatte ansprechen wollen, war Vesna aufgetaucht und hatte ihn in sein Zimmer in der Villa gebracht. Sein Raum war für ein Krankenzimmer sehr groß und ausgesprochen schön eingerichtet. Mit Ausnahme des Bettes und der diskret versteckten Medizintechnik war alles mit sehr gediegenen Möbeln, dicken Teppichen und eindrucksvollen Bildern ausgestattet. Über eine Doppeltüre war das Zimmer mit dem Raum verbunden, in dem Vesna wohnte. Von dem großzügigen Vorraum aus waren die beiden Bäder und die Toiletten zugänglich. Auch ihre Ausstattung ließ nichts zu wünschen übrig.

Die Eingangstüre war immer verschlossen, aus Sicherheitsgründen, wie es hieß, es hätte unlängst einen schweren Unfall eines Patienten gegeben und man dürfe kein Risiko eingehen. Schulz saß in einem goldenen Käfig fest. Sein Mobiltelefon hatte er bei seiner Ankunft in der Klinik zunächst nicht mehr gefunden und als es nach einigen Tagen wieder aufgetaucht war, funktionierte es nicht mehr richtig. Plötzlich war ihm klar, in welch raffinierte Falle er geraten war. Er hatte damals einen Wutanfall bekommen, geschrien und getobt, man hatte ihn festgehalten und mit Beruhigungsmitteln niedergespritzt. Schreibsachen gab es in dem Zimmer überhaupt keine. Die Fenster ließen sich nur unter Verwendung eines Spezialschlüssels öffnen, sonst waren sie immer hermetisch verriegelt. Er hatte keine Chance, irgendjemand außerhalb der Klinik zu kontaktieren, es sei denn, sein Plan ging auf. Nachdem er mehrere Stunden wach gelegen war und dank Vesnas leicht sägender Schnarchgeräusche sicher war, dass sie schlief, stand er auf, wartete, bis sein Schwindelanfall vorbei war und ging barfuß ins Badezimmer. Er ließ sich auf alle viere nieder, öffnete den Schrank unter dem Waschbecken und betete, dass sich die Verschraubung des Wasserzulaufs lösen lassen würde. Obwohl sämtliche Armaturen und Verrohrungen ganz neu und daher nicht korrodiert waren, würde es einer erheblichen Anstrengung bedürfen, die entsprechende Überwurfmutter zu lösen. Mehrere Versuche erwiesen sich als erfolglos. Er war zu schwach und ihm stand kein Werkzeug zur Verfügung. Es war zum Verzweifeln. Er startete einen neuen Versuch. Schulz knickte den Panzerschlauch immer wieder an derselben Stelle ab, bis sich die außen liegende Metallarmierung etwas gelockert hatte und der Kunststoffschlauch darunter zum Vorschein kam. Aus einer kleinen Box entnahm er die Zange, mit der ihm Vesna einmal wöchentlich die Zehennägel schnitt und zwickte eine Öffnung in den Schlauch, aus der sofort Wasser spritzte. Endlich. Schulz schloss stark durchnässt die Türe des Badezimmers, löschte das Licht und ging wieder zu Bett. Er lag noch eine Weile wach, bis er vor Erschöpfung einschlief.

Er wurde von aufgeregtem Rufen geweckt. Draußen war es schon hell. Wortfetzen drangen an sein Ohr.

„Rohrbruch ... Installateur holen ... dauert zu lang. Der Becker soll kommen, der kann das doch auch ...“

Anfangs war er völlig verwirrt. Er setzte sich im Bett auf. Plötzlich hörte er aus dem Badezimmer einen Fluch. Diese Stimme war ihm vertraut. Becker war da. Er stand auf und ging wegen des nassen Fußbodens mit größter Vorsicht ins Bad. Die Eingangstür zum Gang war offen, wo sich Vesna mit den anderen Pflegerinnen unterhielt. Das war seine Chance. Becker blickte auf, Vesna hatte ihn noch nicht bemerkt.

„Becker, ich brauche Ihre Hilfe. Sie müssen dem Johann Rumpler etwas ausrichten. Sagen Sie dem Rumpler, dass der Sack gerissen ist...“

Während Becker Schulz überrascht anstarrte, war Vesna plötzlich hereingekommen,

„Aber Herr Schulz, der rutschige Boden ist doch viel zu gefährlich für Sie.“

Sie hakte ihn unter und beförderte ihn mit unwiderstehlicher Kraft aus dem Badezimmer. Er rief noch über seine Schulter,

„Sagen Sie ihm, dass das kein Zufall war...“

Wenig später war der Arzt da. Vesna flüsterte mit ihm ein wenig, dann bekam Paul Schulz eine Spritze und fiel in einen tiefen traumlosen Schlaf.

4.

Der Tag war anstrengend gewesen. Trotz ihrer Müdigkeit nahm sie sich vor, dem Rat ihrer Lieblingsprofessorin zu folgen, sich das berufliche Geschehen jedes Tages nochmals in Erinnerung zu rufen. Sie richtete ein Bitter Lemon mit Eiswürfeln und einem Schuss Zitrone, nahm ihr Protokoll zur Hand und lagerte die Beine hoch. Sie musste zugeben, dass sie sich in Herrn Schulz völlig getäuscht hatte. Er hatte zunächst einen wirklich intelligenten Eindruck auf sie gemacht, aber dann völlig wirr auf ihre Fragen reagiert. Was sollte sie aus diesem unsinnigen Konvolut herauslesen können? Allerdings – etwas fiel ihr auf. Während andere Klienten sich aus Verlegenheit irgendwie durch derartige Fragebogen schwindeln wollten und oft sehr wortreich und mit vielen Sätzen geantwortet hatten, hatte Schulz jede Frage nur mit einem einzigen Satz beantwortet. Und noch etwas war ungewöhnlich, die Deutlichkeit seiner Antworten, als ob er auf einer Bühne stände und es auf jedes einzelne Wort ankäme. Sie nahm einen Schluck Bitter Lemon, blickte zum Fenster hinaus und dachte an ihren Freund, der noch zwei Monate eines Praktikums in einer New Yorker Anwaltskanzlei vor sich hatte. Der sehr erfolgreiche Anwalt war eng mit Österreich verbunden und hatte schon vielen jungen Juristinnen und Juristen die unschätzbare Möglichkeit zu einem Praktikum geboten. Sie rief sich aber schnell zur Ordnung und vertiefte sich wieder ins Protokoll. Warum würde jemand so sprechen, als ob es auf jedes Wort ankäme? Eigentlich nur dann, wenn das tatsächlich der Fall war und einzelnen Worten eine besondere Bedeutung zukam.

Angenommen, das traf zu. Wie sollte sie wissen, auf welche in den Antworten enthaltenen Worte es ankam? Falls Schulz ihr wirklich etwas mitteilen wollte, würde er wahrscheinlich das erste Wort jedes Satzes dafür auswählen. Der entsprechende Versuch begann vielversprechend. „Wenn“ wurde gefolgt von

einem „ich“ am Anfang der zweiten Antwort. Die dritte Antwort begann mit „das“. Sie fügte die Worte zusammen „Wenn ich das …“ und wurde aufgeregt. Das klang wie der Anfang eines sinnvollen Satzes. Vielleicht steckte ja wirklich etwas dahinter. Die nächsten Worte brachten eine herbe Enttäuschung. „Wenn ich das wenn die“ .. es war und blieb blanker Unsinn.

Oder doch nicht. Eine weitere Idee begann in ihr zu keimen. Vielleicht ging es gar nicht um das erste, sondern um das letzte Wort jeder Antwort. Sie konzentrierte sich und begann wieder zu schreiben. Plötzlich weiteten sich ihre Augen. Mit vor Aufregung angehaltenem Atem las sie die Worte „Rufen Sie Johann Rum plärr zu Hilfe.“ Das konnte kein Zufall sein, das war ein gezielter, gut getarnter Hilferuf. Sie holte ihren Laptop. „Rum plärr“ stand wohl lautmalerisch für einen Familiennamen. Sie tippte verschiedene Versionen des gesuchten Namens in ihren Laptop, fand einen Johann Rumbler, auch einen Johann Ruhmbler und mehrere Männer mit dem Namen Johann Rumpler. Über einen von ihnen hatte die Suchmaschine einige Zeitungsartikel ausgeworfen, die aber schon mehrere Jahre alt waren. Er war ein älterer Herr, vielleicht schon in Pension. Nach den Bildern zu schließen ziemlich groß, kräftig gebaut, mit einem Vertrauen erweckenden Gesicht. Sein Beruf ließ bei ihr die Alarmglocken schrillen. Rumpler war Kriminalbeamter und Mitglied der Mordkommission.

5.

Alois Moser stand nur mehr wenige Monate vor seiner Pensionierung. Sein Beruf hatte ihn nicht nur zwei Partnerschaften, sondern auch sonst einiges gekostet, aber immerhin: er hatte eine Tochter und ein Enkelkind, die er beide liebte, mehr, als er sich selbst eingestand, und er hatte überlebt. Was in seinem Metier als Kriminalpolizist ja keineswegs selbstverständlich war. Mit den Jahren war Moser einerseits abgebrühter, andererseits aber auch milder geworden. Vor ein paar Jahren hätte er die junge Frau, die vor ihm saß und ihn erwartungsvoll ansah, wahrscheinlich rasch abgewimmelt, aber jetzt hörte er ihr doch zu. Vielleicht ja auch deshalb, weil es einem älteren Herrn durchaus Freude macht, von einer gutaussehenden jungen Frau um Hilfe gebeten zu werden. Und gutaussehend war sie, mit ihren langen Locken in dem dunklen Kupferton, der so gut zu ihrem hellen Teint passte, dem schön geschwungenen Mund und den großen blauen Augen, die ihn einen Augenblick lang ans Meer denken ließen. Seine romantische Anwandlung war gleich wieder vorbei. Moser war Realist. Oder wollte zumindest einer sein. Er griff zum Telefon und wählte. Sein Gesprächspartner meldete sich sofort,

„Hallo, Stinker!"

„Servus, Hans. Hast Zeit für mich?"

„Für dich doch immer."

„Café Rathaus, heut Nachmittag um drei?"

„Passt."

„Ich komm aber nicht allein. Ich bring eine junge Dame mit, die dich sprechen möchte."

„Interessant. Ich freu mich."

Johann Rumpler legte auf. Er hatte schon längere Zeit von seinem Ex-Kollegen Alois Moser, alias „Stinker", nichts gehört und freute sich auf ein Wiedersehen. Moser als ehemaliger Ket-

tenraucher war es gewohnt, auf diese seltsame Weise angesprochen zu werden, jede andere Anrede hätte ihn irritiert.

Rumpler, der mit seiner Lebensgefährtin Alma, einer Ärztin, im 13. Wiener Gemeindebezirk wohnte, erledigte vor dem Termin einige Besorgungen und kam gerade noch rechtzeitig ins Café Rathaus. Er hasste Unpünktlichkeit. Moser war bereits da. Er saß mit einer jungen Frau in einer der gemütlichen Fensternischen des Cafés und winkte Rumpler zu,

„hallo, Hans. Das ist Maria Valsky, eine Psychotherapeutin."

Rumpler stellte sich vor. Die junge Dame hatte einen angenehm festen Händedruck. Moser hielt es für angebracht, noch etwas zu ergänzen,

„der Hans und ich waren Jahrzehnte im selben Team der Mordkommission. Er war mein Chef, ist aber seit ein paar Jahren in Pension."

Während Mosers Erklärung überlegte Rumpler, ob Frau Valskys Vorfahren vielleicht aus Irland stammten, so typisch irisch erschien ihm ihr Aussehen, er verkniff es sich aber, nachzufragen.

„Frau Valsky, was kann ich für Sie tun?"

„Ich hätte eine Frage. Kennen Sie einen Herrn Schulz, Paul Schulz?"

Sofort war seine Erinnerung da. Ein kurzer Kontrollblick zu Moser zeigte ihm, dass auch er augenblicklich im Bild war. Paul Schulz war ein entscheidender Zeuge in einem spektakulären Mordprozess gewesen, vor mehr als zehn Jahren. Trotz erheblichen Drucks seitens der sehr geschickten Verteidigung war er bei seiner Aussage geblieben und dadurch hatte er es ermöglicht, einen Mörder ins Gefängnis zu bringen. Ein starker Charakter.

„Ja, der Name sagt mir was."

Sie holte tief Luft,

„ich fürchte, ich mache jetzt etwas, das eigentlich nicht erlaubt ist, aber ich glaube, es könnte wichtig sein. Ich würde Ihnen gerne mein Protokoll der Antworten von Herrn Schulz auf einen Fragebogen bezüglich Demenz zeigen."

Sie übergab Rumpler eine dünne Mappe. Er überflog den Text zunächst nur, las ihn aber dann ein zweites Mal hoch konzentriert durch. Ein Ausdruck des Verstehens huschte über sein Gesicht,

„Sie sind sehr klug, Frau Valsky. Können Sie mir sagen, wo genau Herr Schulz sich derzeit aufhält und welchen Eindruck er auf Sie gemacht hat?"

„Er ist in einer Privatklinik für Demenzkranke ein paar Kilometer außerhalb von Wien, Richtung Baden. Mein erster Eindruck von ihm war durchaus positiv, er wirkte zwar geschwächt, hatte aber einen lebhaften, wachen Blick. Dann kamen seine wirren Antworten und ich war entsetzt. Nach dem, was ich jetzt weiß, bin ich nicht mehr sicher, was ich glauben soll."

Rumpler ließ sich von ihr die Adresse der Klinik geben,

„ich danke Ihnen sehr, dass Sie zu mir gekommen sind. Ich werde Herrn Schulz besuchen."

Nach einer kurzen Pause fuhr er fort,

„Frau Valsky, entschuldigen Sie bitte meine Neugierde, aber haben Sie vielleicht irische Wurzeln?"

Ein großzügiges Lächeln erschien, nicht nur auf ihrem Gesicht. Es war, als ob alles an ihr lächelte,

„ja, meine Großmutter mütterlicherseits ist Irin."

„Irland interessiert mich sehr. Ich träume schon länger von einer Reise nach Irland."

Sie übergab ihm ihre Karte,

„ein guter Plan. Wenn es so weit ist, können Sie sich bei mir melden. Ich helfe Ihnen gerne bei einer Reiseplanung abseits der Touristenpfade. Da gibt es wirklich viel zu entdecken."

„Herzlichen Dank. Darauf würde ich sehr gerne zurückkommen."

Sie blickte auf ihre Uhr,

„ich fürchte, es wird Zeit für meinen nächsten Termin."

Beide Herren standen auf, um sich von ihr zu verabschieden. Moser blickte ihr kurz nach, als sie mit sicheren Schritten das Lokal verließ. Sein unmerklicher Seufzer bedeutete wohl, wie

gerne er dreißig Jahre jünger gewesen wäre. Er wandte sich Rumpler zu,

„sag schon, was steht da in dem Protokoll?"

„Ein versteckter Hilferuf. Es kommt immer nur auf das letzte Wort in jeder Antwort an."

Er reichte Moser das Blatt, der es stirnrunzelnd durchlas und es ihm dann zurückgab.

„Erstaunlich, dass die Valsky das entdeckt hat und dann noch auf dich gekommen ist. Die ist wirklich blitzgescheit."

„Das stimmt. Hast du seit der Zeugenaussage vom Schulz von ihm noch irgendwas gehört?"

„Nein, gar nichts. Sitzt der Rinner, den er damals durch seine Aussage ins Gefängnis gebracht hat, eigentlich noch ein?"

„Nein, ich glaub nicht. Wenn ich mich nicht täusch', ist er vor zwei oder drei Jahren vorzeitig entlassen worden. Wegen guter Führung."

„Schaust einmal, ob du was über ihn herausfinden kannst, was er so treibt und wo er wohnt? Vielleicht will er sich ja am Schulz rächen."

„Ja, klar. Hab ich eh vor. Ich geb' dir Bescheid."

„Danke Stinker. Ich werd' den Schulz besuchen und wenn ich irgendwas Wichtiges erfahr, sag ich's dir. Mach's gut."

„Du auch!"

6.

Während Rumplers Heimfahrt begann es zu regnen, zunächst nur ganz leicht, dann aber immer stärker. Das Wetter passte zu seiner Stimmung. Er war seit einer Woche Strohwitwer, weil seine Lebensgefährtin Alma in den USA bei ihrer Adoptivtochter Lailani zu Besuch war, die aufgrund ihrer erstaunlichen zeichnerischen Begabung ein Stipendium an einer amerikanischen Kunsthochschule bekommen hatte. Alma würde noch zwei Wochen bei ihr bleiben. Eine Ewigkeit. Als Rumpler Almas im achtzehnten Jahrhundert erbautes Haus, das er derzeit allein bewohnte, durch den schönen Rundbogen betrat, kam ihm seine alte Katze Rosamunde entgegen. Sie hielt sich gar nicht erst mit den üblichen Begrüßungsritualen auf und ließ ihn ihren Unmut deutlich spüren. Als er sich zu ihr hinunterbückte, um sie durch Streicheln zu besänftigen, wurde seine Hand nass. Offensichtlich war sie im Innenhof gewesen und vom Regen erwischt worden. Rosamunde rauchte vor Zorn. Sie forderte ihn durch wütendes Maunzen auf, er möge das Wetter wenden, sofort. Es gab nur eine Möglichkeit der Wiedergutmachung. Und tatsächlich – als er ein Döschen ihres Lieblingsfutters öffnete, wurde sie wieder umgänglich und eine halbe Stunde später lag sie tief entspannt auf seinen Oberschenkeln, während er einen Schluck Kaffee nahm und gedankenverloren einen Block mit seltsamen kleinen Zeichnungen versah. Der Hilferuf von Paul Schulz irritierte ihn, in zweifacher Weise. Zum einen hatte er Schulz als jemanden kennengelernt, der sich selbst zu helfen wusste. Ein Hilferuf von seiner Seite war daher durchaus überraschend. Da war aber noch etwas anderes, etwas schwer Greifbares. Vielleicht lag es ja an der Institution, in der Schulz untergebracht war. Rumpler liebte Kliniken oder auch Krankenhäuser keineswegs, schon deshalb, weil es viel leichter war, hineinzugeraten, als wieder herauszukommen. Und wenn es gelang, herauszukommen, wer weiß,

was man mitbrachte, eine neue Krankheit, einen Keim, eine depressive Verstimmung, alles Mögliche. Trotzdem war ihm klar, dass er es Schulz schuldig war, der Sache nachzugehen. Seufzend ging er zu seinem schönen alten Jugendstilschrank, der aus der Familie seiner Mutter auf ihn gekommen war, öffnete die mit geschnitzten Ornamenten versehenen Türen und sah vor sich seine gesammelte kriminalistische Vergangenheit in Form von etwa vierzig oder fünfzig schmalen schwarzen Notizbüchern. Die meisten von ihnen trugen Nummern. Rumpler musste nicht lange suchen, bis er den „Fall Rinner" gefunden hatte, richtete sich noch einen kleinen Espresso und begann in dem Notizbuch zu blättern. Sofort erinnerte er sich an alle Details des Falls. Rinner hatte einen alten Mann ermordet, der ihm angeblich ein umfangreiches Erbe in Aussicht gestellt, sich aber dann mit ihm überworfen hatte. Der Mord war sehr geschickt eingefädelt gewesen, mit langer Planung. Rinner hatte auf seine Gelegenheit gewartet wie eine Spinne im Netz und den richtigen Zeitpunkt gewählt. Hätte nicht der Zufall Regie geführt und Paul Schulz als Zeugen zur rechten Zeit am rechten Ort sein lassen, die Polizei hätte kaum eine Chance gehabt, den Mord aufzuklären, zumal es keine brauchbaren DNA-Spuren oder andere Anhaltspunkte gegeben hatte. Rinner war ein sehr gefährlicher Mann, kein spontan handelnder Mörder, sondern ein kaltblütig kalkulierender. Vielleicht hatte er ja herausgefunden, wo Schulz sich aufhielt, und bedrohte ihn. Rumpler schloss das Buch, deponierte es im Schrank und nahm im Gegenzug eines der wenigen unbeschriebenen Notizbücher, die er noch vorrätig hatte, heraus. Er kannte und er liebte dieses Ritual, auch wenn er eine gehörige Portion Respekt davor hatte, wegen des anspruchsvollen Weges, der vor ihm lag. Wenn er ein neues Moleskine-Buch eröffnete, dann ließ er sich auf einen neuen Fall ein. Ohne Wenn und Aber, mit allen Konsequenzen. Als Überschrift wollte er „Paul Schulz" schreiben, zögerte, setzte wieder ab und starrte vor sich hin. Irgendetwas irritierte ihn. Plötzlich wurde ihm der Grund für seine Hemmung klar. Bisher hatte er eigentlich im-

mer nur dann ein neues Buch eröffnet, wenn bereits ein Mord geschehen war. Paul Schulz aber lebte und Rumpler fühlte in einer Anwandlung diffusen Aberglaubens, dass er durch das Schreiben des Namens eine Gefahr auf Schulz herabbeschwören würde. Schließlich gab er sich einen Ruck, schrieb an Stelle des Namens „Rufen Sie Johann Rum plärr zu Hilfe“, in sehr großen Buchstaben, die er zudem noch mehrmals nachzog und klappte das Buch zu. Sofort erschien Rosamunde, als hätte sie auf diesen Moment nur gewartet und machte es sich auf dem Buch gemütlich. Ein gutes Omen. Er liebte es, wenn sie seine Fälle „ausbrütete“. Um sie nicht in ihrer Kontemplation zu stören, verzichtete er auf weitere Eintragungen und klappte seinen Laptop auf. Er wollte sich ein wenig über die Klinik informieren, in der Schulz lag. Die entsprechende Homepage war beeindruckend, erzeugte bei ihm aber auch ein leicht beklemmendes Gefühl, trotz oder eigentlich gerade wegen der perfekten Räumlichkeiten, des auf Hochglanzbildern ebenso kompetent wie verbindlich lächelnden Ärzteteams und der überzeugenden, ausgefeilten Botschaften an die Interessenten. Sehr beeindruckend. Aber auf irgendeine Weise auch schauerlich. Um das unangenehme Gefühl loszuwerden, ging Rumpler ins Badezimmer und wusch sich das Gesicht gründlich mit eiskaltem Wasser. Als er wieder aufblickte, sah ihn aus dem Spiegel ein groß gewachsener älterer Mann an, dessen kräftiges Haar fast durchgehend weiß war, mit Altersflecken auf der Haut, stärkeren Einkerbungen bei den Nasenflügeln und buschigen Augenbrauen. Seine braunen Augen starrten ihn an wie einen Fremden. Plötzlich wurde ihm klar, dass es nicht nur der Hilferuf von Schulz war, der ihn irritierte, oder die Klinik, sondern das Thema der Demenz als solches, das sich mit dem Älterwerden wohl auch bei ihm selbst unterschwellig drohend bemerkbar machte.

Schlagartig ging es ihm besser, die seltsame Anwandlung verschwand ebenso schnell wie sie gekommen war, sein Gesicht erschien ihm nicht mehr fremd, sondern wieder vertraut. Er öffnete eine Flasche vom guten toskanischen Rotwein und aktivierte

die Skype-Station, die ihm Almas Tochter Sonja, eine gewiefte IT-Spezialistin, eingerichtet hatte. Die Verbindung war sofort erfolgreich hergestellt. Er freute sich zu sehen und zu hören, dass es Alma und Lailani, die begeistert über ihr erfolgreiches Studium berichtete, sehr gut ging, wie vergnügt die beiden waren und ihre gemeinsame Zeit in Amerika genossen. Rosamunde erschien natürlich auch alsbald und zeigte sich bildfüllend den Damen, die sie gehörig bewunderten und in das Gespräch mit einbezogen. Nach dem Telefonat ging Rumpler in den kleinen romantischen Innenhof des Hauses. Es hatte zu regnen aufgehört, die Luft war reingewaschen, es tropfte noch ein wenig von den Blättern, alles war irgendwie neu. Er beschnupperte das Hochbeet mit seinen wunderbaren Kräutern. Besonders der kräftigwürzige Thymianduft prägte sich ihm ein und er beschloss, am nächsten Tag gebratenen Radicchio zuzubereiten, mit einer Marinade aus Olivenöl, reichlich Thymian, Salzflocken und grob gemahlenem Pfeffer, mit Speckscheiben umwickelt und knusprig im Rohr gebraten. Der alte Balsamico, von dem er noch ein Fläschchen vorrätig hatte, würde mit seiner Süße den leicht bitteren Geschmack des Radicchio perfekt ergänzen. Es war schon ziemlich spät, als er zu Bett ging und von seinen Kochplänen beflügelt und von Rosamunde beschnurrt, einschlief.

7.

Robert Becker war ursprünglich gar kein gelernter Pfleger, sondern Installateur. Erst ziemlich spät hatte er sich entschlossen, die umfangreichen Schulungen auf sich zu nehmen und sich beruflich neu zu orientieren. Eine ebenso mutige wie gute Entscheidung, für ihn selbst und noch mehr für seine Patienten. Becker war ein einfacher, geradliniger Mann, seine Schützlinge schätzten ihn sehr, auch wenn sie es ihm nicht immer leicht machten mit ihrem schwindenden Gedächtnis, den schubweise auftretenden heftigen Aggressionen und ihrer Unruhe, die sie oft nachts in der Klinik umhergehen ließ. Er nahm das alles gelassen in Kauf und hatte immer wieder die gut gemeinten Angebote der Ärzte, die Klienten durch entsprechende Medikamente etwas ruhig zu stellen, dankend abgelehnt. Seit etwa vier Jahren war das nicht mehr möglich. Die Leitung war ausgetauscht und ein neuer Arzt, ein gewisser Dr. Rodriguez, mit der ärztlichen Führung der Klinik betraut worden. Das lag aus Beckers Sicht weniger an seiner fachlichen Qualifikation als vielmehr an der Tatsache, dass er der Ehemann der Eigentümerin der Klinik war, die sich seither Weitensthal-Rodriguez nannte. Er hatte sofort das große Wort geführt. Dr. Rodriguez dachte nicht im Mindesten daran, jemanden wie einen Pfleger in seine Überlegungen einzubeziehen, er entschied immer allein und aus Beckers Sicht nicht zum Wohl der Patienten. In der Klinik waren die Nächte seither wesentlich ruhiger geworden, aber für Becker war das eine künstliche, fast gespenstische Ruhe. Die Abneigung zwischen ihm und Dr. Rodriguez war von Anfang an spürbar gewesen, mit der Zeit aber noch stärker geworden. Sie beruhte auf Gegenseitigkeit.

Becker kannte die Klinik schon seit über zehn Jahren. Sie war mit den Jahren zu einem mächtigen Komplex angewachsen. Ursprünglich war da nur die alte Villa gewesen, dreistöckig, efeu-

bewachsen, mit vielen romantischen Winkeln, den hohen, spitzen Dächern, langen, beinahe unheimlichen Gängen und über zwanzig Zimmern. Im obersten Geschoß hatte die Eigentümerin eine ziemlich verwinkelte große Wohnung, die sie aber in letzter Zeit kaum mehr nutzte, weil ihr Mann und sie in ein modernes Haus in der Nähe von Baden umgezogen waren. In den anderen Stockwerken war eine Handvoll von vermögenden Patienten untergebracht, alle mit persönlichen Betreuerinnen. Es handelte sich um einen hermetisch abgeschlossenen Bereich. Wie alle, die in dem vor etwa drei Jahren errichteten Zubau arbeiteten, durfte auch Becker die Villa nicht mehr betreten. Die internen Regeln waren diesbezüglich sehr strikt. Das war ausschließlich den Ärzten und den speziellen Pflegerinnen der betuchten Klienten erlaubt. Becker kannte die Villa trotzdem erstaunlich gut, weil sein historisch interessierter Vorgänger dort bei Aufräumarbeiten die alten Baupläne entdeckt und davon für sich eine Kopie angefertigt hatte. Diese Kopie sowie einen Schlüsselbund hatte er Becker überlassen und ihn zudem in das eine oder andere Geheimnis der Villa eingeweiht, etwa auch in die Tatsache, dass es laut den Plänen zur Wohnung der Eigentümerin über eine in einem Wandpaneel eingebaute nicht sichtbare Tür einen Zugang gab.

In dem langgestreckten modernen Zubau waren jetzt viel mehr Patienten untergebracht als in der alten Villa. Becker gefiel der neue Klinikteil nicht, vor allem wegen der hoch gelegenen, schmalen Fenster, durch die zwar genug Licht hereinfiel, die aber nur einen Blick in die Baumkronen und den Himmel ermöglichten. Die glatten, burgartigen Außenmauern hatten etwas Abweisendes und auch von innen gesehen wirkte der Bau für ihn wie ein Gefängnis. Was er ja auch war, in gewisser Weise.

Becker war beunruhigt. Als er wegen seiner Erfahrung als Installateur zur Behebung eines Wasserschadens in die alte Villa gerufen worden war, hatte ihn völlig unerwartet Paul Schulz angesprochen. Zunächst hatte er ihn in seinem Patientenkittel gar nicht erkannt, weil er so gebeugt und gebrechlich aussah, wie

ein Gespenst. Schulz hatte verwirrt gewirkt und mit der seltsamen Nachricht, die er ihm für einen Johann Rumpler mitgegeben hatte, konnte Becker überhaupt nichts anfangen. Als Schulz von der Pflegerin weggeführt worden war, hatte er Becker aber so flehentlich angestarrt, dass dieser beschloss, sich über das strikte Verbot hinwegzusetzen und Schulz in der alten Villa einen Besuch abzustatten. Der „Hausdrachen", Schwester Marianne, war auf Urlaub und damit die größte Gefahr gebannt. Sie war knapp nach dem Eintritt von Dr. Rodriguez aufgenommen worden, eine etwa vierzigjährige Frau mit einer strengen Frisur, blitzenden Augengläsern und einer aufgesetzten, schwer erträglichen Freundlichkeit. Becker hatte noch nie gesehen, dass ihr Lächeln ihre Augen erreichte. Sie hinterfragte nichts und funktionierte wie ein Automat. Beckers freundliches Angebot, sie über die Klinik und ihre Bewohner näher zu informieren, um ihr den Start zu erleichtern, hatte sie seinerzeit kategorisch abgelehnt. Vielleicht hatte ja Dr. Rodriguez sie vor ihm gewarnt.

Becker eilte durch den Verbindungsgang zwischen den Gebäuden, sah sich kurz um, öffnete die Tür zur Villa mit dem Universalschlüssel, den ihm sein Vorgänger „für alle Fälle" überlassen hatte und ging dann in den zweiten Stock, wo er das Zimmer mit dem Namensschild von Schulz fand. An der Türschnalle hing eine Tafel „Striktes Besuchsverbot", was Becker aber nicht sonderlich beeindruckte. Er drückte vorsichtig die Türklinke. Die Tür war wie erwartet abgeschlossen. Den Universalschlüssel wollte er nicht verwenden. Er klopfte energisch an. Vesna Kostic öffnete die Tür nur für einen Spalt und sah ihn misstrauisch an und wies auf das Schild,

„was wollen Sie hier? Können Sie nicht lesen? Hier gilt ein striktes Besuchsverbot."

Er schluckte seinen Ärger hinunter und wies lächelnd auf seine Werkzeugtasche,

„ich konnte heute früh im Bad nur ein Provisorium machen. Ich habe jetzt das richtige Material dabei."

Sie schüttelte den Kopf,

„wir haben schon eine Firma damit beauftragt. Sie können gehen."

Plötzlich war aus dem Hintergrund die schwache Stimme von Schulz zu hören,

„Becker, sind Sie das? Ich muss mit Ihnen reden."

Becker versuchte sich an Vesna vorbei zu drängen,

„Herr Schulz ruft nach mir."

Ihre Stimme wurde eisig,

„hier gilt ein striktes Besuchsverbot."

„Das ist mir egal."

Plötzlich meinte Becker, ein leises Geräusch zu hören. Er drehte sich um. Dr. Rodriguez stand dicht hinter ihm. In seinen Augen war eine nur mühsam gebändigte Wut, seine Stimme klang gefährlich ruhig,

„Ihre Eigenmächtigkeiten sind nicht zu überbieten. Sie sind entlassen, Becker."

Becker warf einen kurzen Blick auf Paul Schulz und wandte sich dann dem Arzt zu,

„ich wollte ohnedies nicht in dieser Klinik bleiben. Nicht unter Ihrer Leitung."

Beckers Gelassenheit erhöhte den Zorn seines Gegenübers noch mehr,

„raus, sofort."

Becker ging. Seinen Job zu verlieren, machte ihm nichts aus. Er hatte eine solide Ausbildung und viel Erfahrung, er würde rasch wieder etwas finden. Was ihm leid tat, war die Tatsache, dass sein Versuch, mit Paul Schulz Kontakt aufzunehmen, gescheitert war. Da war aber noch etwas anderes, das ihn beschäftigte, ja geradezu beflügelte, dieses Mädchen mit den wunderschönen, etwas ängstlichen Augen, Arjeta, die in letzter Zeit öfter als Begleiterin von Vesna mitgekommen war. Erst gestern hatte sie ihm heimlich einen mit „Arjeta" unterschriebenen Zettel zugesteckt, auf dem neben ihrem Namen und der Nummer nur „bitte morgen anrufen" stand. Genug, um Becker in eine erwartungsvolle Unruhe zu versetzen.

Der Arzt verpasste dem vor Wut und Verzweiflung zitternden Schulz eine Spritze, die ihn sehr bald zurücksinken ließ,

„so. Der wird jetzt Ruhe geben."

Vesna lächelte einladend und streckte die Arme nach ihm aus,

„komm zu mir. Ich will Dich spüren."

„Nicht jetzt. Aber vielleicht noch heute Abend. Meine Frau kommt erst spät nach Hause." Sie ging zum Fenster und blickte schweigend hinaus. Er blieb noch eine Weile im Krankenzimmer, setzte sich auf einen Stuhl und starrte ins Leere, während seine Linke aus dem Hosensack etwas hervorholte, ein stark abgegriffenes silbernes Objekt. Er ließ es in seiner Hand rollen, spielte gedankenverloren mit ihm, blickte in Hohlräume, die wie leere Augenhöhlen wirkten, dann wieder zu Paul Schulz. Es würde nicht mehr lange dauern. Und falls doch, würde sich etwas finden lassen.

8.

Für Alois Moser alias Stinker war es einer jener Tage, an denen wirklich alles schieflief. Sein Team war durch zwei Krankheitsfälle geschwächt, eine Zeugenaussage, auf die er große Hoffnungen gesetzt hatte, erwies sich als nutzlos und jetzt lag auch noch das Gespräch mit Kurt Rinner vor ihm. Eigentlich erwartete er gar nicht, Rinner an dessen Wohnadresse anzutreffen, aber dieser öffnete gleich nach dem ersten Läuten. Er sah und erkannte Moser in der Sekunde, wobei ein boshaftes Grinsen sein Gesicht verzog.

„Oh, welche Ehre! Kommen Sie nur herein, Herr Kommissar."

Rinner hatte sich nicht sehr verändert, ganz so, als ob die letzten zehn Jahre beinahe spurlos an ihm vorbeigegangen wären. Auf einem stämmigen Körper saß ein kugeliger Kopf mit flachsfarbenem Haar, wieselflinken, wasserhellen Augen und einem schmallippigen Mund.

Moser folgte ihm ins Wohnzimmer, wo ihm Rinner mit übertriebener Höflichkeit einen Sessel anbot, der aufgrund seiner viel zu steilen Lehne kein entspanntes Sitzen ermöglichte, während er selbst auf einem bequemen Drehstuhl hinter seinem Schreibtisch Platz nahm. Er blickte Moser an, beugte sich vor und legte die Fingerspitzen zusammen,

„sagen Sie, Herr Kommissar, bin ich vielleicht unter Verdacht?"

Seine Stimme klang hoffnungsvoll.

Moser ging auf die Frage nicht ein. Er beschloss, gleich mit der Tür ins Haus zu fallen,

„Paul Schulz wird bedroht."

Trotz höchster Aufmerksamkeit konnte Moser bei seinem Gegenüber nicht die geringste verräterische Reaktion feststellen. Rinners Antwort troff vor Ironie,

„das freut mich aber sehr. Er hat es sich wirklich verdient.

Schließlich hat er mich ruiniert."

Plötzlich änderte sich sein Gesichtsausdruck zu einer bösartigen Fratze und seine Stimme zischte,

„ich habe aber nichts damit zu tun. Leider."

Gleich darauf sah er wieder freundlich-verbindlich drein.

Als Moser schwieg, fügte Rinner nach einer kurzen Pause plötzlich mit glitzernden Augen hinzu,

„aber wenn Sie mich schon auf den Schulz bringen, kann ich ja vielleicht etwas für ihn tun…"

„Lassen Sie Schulz in Ruhe. Wir haben ein Auge auf Sie."

„Wirklich? Das ist ja beeindruckend. Allerdings – so gute Zeugen wie den Schulz gibt es halt nur einmal, also könnte ich mir eventuell was einfallen lassen, ohne zu viel zu riskieren."

Mittlerweile kochte Moser vor Zorn,

„ein für alle Mal, Rinner: lassen Sie den Schulz in Ruhe."

Rinner betrachtete ihn mit schief gelegtem Kopf wie ein interessantes Insekt,

„wenn Sie wütend sind, sind Sie ziemlich eindrucksvoll." Nach einer kleinen Pause fuhr er zögerlich fort, als ob ihm die Situation peinlich wäre, „… aber halt auch, wie soll ich sagen, ein bisschen – hilflos."

Am liebsten hätte Moser ihn gepackt und gebeutelt wie eine Ratte, aber ein Disziplinarverfahren war wirklich das Letzte, was er brauchte. Er stand wortlos auf und ging. Nicht einmal seine Absicht, die Tür krachend ins Schloss zu schmettern ging auf, wegen einer Art automatischer Dämpfung der Scharniere, sodass sie sich zur Verhöhnung seiner Wut lautlos und wie in Zeitlupe schloss. „Schweinekerl!" entfuhr es Moser im Stiegenhaus. Der mit Paketen entgegenkommende Briefträger sah ihn entgeistert an. Moser lief die Stiegen hinunter und atmete ein paar Mal kräftig durch.

9.

Der Rezeptionsbereich der Klinik wirkte auf Rumpler ebenso eindrucksvoll wie abstoßend. Überall glänzte es, Glas, Granit, auf Hochglanz poliertes Metall. Er wandte sich an die weiter vorne sitzende der beiden Damen am Empfang, die mit ihrem modischen Styling und dem dezenten Make-up perfekt zum Inventar passten und irgendwie auch glänzten.

„Guten Morgen. Ich würde gern Herrn Paul Schulz besuchen."

Sie lächelte verbindlich,

„guten Morgen. Haben Sie Ihren Besuch im Internet vorangemeldet?"

„Nein, ich wusste nicht, dass das nötig ist."

„Das sollte trotzdem kein Problem sein. Ich werde Sie ankündigen."

Sie reichte ihm ein Formular samt Kugelschreiber, bat ihn, es auszufüllen und griff zum Hörer. Während ihres Telefonats wurde ihre Miene plötzlich angespannt.

„Wie? Aha. Und eine Besuchsmöglichkeit besteht nicht? Ich verstehe."

Sie legte auf und wandte sich wieder Rumpler zu, der mit dem Ausfüllen noch gar nicht begonnen hatte.

„Es tut mir wirklich leid, aber Herr Schulz darf derzeit keinen Besuch empfangen. Es geht ihm leider ziemlich schlecht und er ist in intensiver medizinischer Betreuung. Sie könnten aber das Formular ausfüllen und mir Ihre Nummer dalassen, damit ich Sie verständigen kann, wenn es ihm wieder besser geht."

„Vielen Dank, aber ich melde mich einfach in ein paar Tagen wieder."

Ihre Antwort klang leicht pikiert,

„ganz wie Sie wünschen. Schönen Tag noch."

„Ihnen auch."

Stirnrunzelnd verließ Rumpler die Klinik. Es lief nicht gut.

Als er den großflächigen Parkplatz betrat, hörte er durchdrehende Reifen, Kies spritzte, ein von einem jüngeren Mann gelenkter Sportwagen, ein blitzblauer Maserati, rauschte so dicht an Rumpler vorbei, dass dieser erschrocken zur Seite sprang. Rumpler sah dem Auto kopfschüttelnd nach. Er ging die für Ärzte reservierten Parkplätze entlang und verglich die entsprechenden Tafeln mit dem Teil des Kennzeichens, den er sich in der Eile gemerkt hatte. Es erwies sich als nicht schwierig, nur eine Nummer kam in Frage. Rumpler notierte das vollständige Kennzeichen und rief Moser an. Sie trafen einander im Café Rathaus.

„Servus, Stinker!“

„Servus, Hans!“

Moser ließ sich mit einem Seufzer auf die gepolsterte Bank fallen, winkte dem Kellner, um zu bestellen und wandte sich dann Rumpler zu,

„das war ein Tag heute. So was brauch ich kein zweites Mal.“

„So schlimm? Wie wars denn beim Rinner? Hast du ihn getroffen?“

„Ja, aber gebracht hat das gar nichts. Der Rinner ist eine heimtückische Kretzn. Er wollt mich so in Rage bringen, dass er mir was anhängen kann. Das hat er zum Glück nicht geschafft, aber viel hat nicht g’fehlt und ich hätt’ ihm den Hals umdreht.“

„Ich erinner’ mich noch gut an ihn. Der hat sich offensichtlich nicht geändert. Glaubst du, dass er den Schulz bedroht hat?“

„Eigentlich nicht. Aber es kann natürlich trotzdem sein. Ich glaub’, er hat sich einfach gefreut, dass er die Polizei verunsichern kann.“

Moser nahm einen Schluck von seiner Melange,

„und wie ist es bei dir gelaufen?“

„Auch nicht gut. In der Klinik haben sie gesagt, dass es dem Schulz gesundheitlich sehr schlecht geht und dass für ihn ein striktes Besuchsverbot gilt. Sie haben mir angeboten, mich anzurufen, wenn es ihm wieder besser geht, aber ich hab mir gedacht, sie brauchen nicht wissen, wer den Schulz besuchen will.“

„Seh' ich auch so. Aber was machen wir jetzt? Der Schulz hat einen Hilferuf an dich geschickt und wir kommen trotzdem nicht an ihn heran."

„Genau. Für einen offiziellen Polizeieinsatz reicht das nicht aus. Auf der medizinischen Seite gäbe es grundsätzlich natürlich die Möglichkeit, eine Kontrolle über das Gesundheitsamt anzustoßen, aber bis wir das in die Gänge bringen, können Wochen vergehen und dann ist es vielleicht schon zu spät."

„Das heißt, wir können gar nichts für ihn tun, außer abwarten, ob sie uns irgendwann wieder an ihn heranlassen?"

Rumplers Blick hatte kurz seinen Fokus verloren.

„Hörst du mir überhaupt zu, Hans?"

Rumpler wischte sich kurz über die Stirn,

„Entschuldige. Ich bin schon wieder da. Mir ist grad was eingefallen, eine Möglichkeit, um vielleicht doch an den Schulz heranzukommen."

Moser starrte ihn an,

„und wie sollt das gehen?"

„Über die Kirche."

„Wieso die Kirche? Was meinst jetzt damit?"

„Ich denk mir das so. Wenn morgen in der Klinik ein alter Priester auftaucht und sagt, er hat erfahren, dass es dem Paul Schulz schlecht geht und dass der sich schon vor Jahren gewünscht hat, dass er von ihm einmal die Sterbesakramente bekommt, dann werden sie sich schwertun, ihn abzuwimmeln."

„Aber du kannst doch nicht einfach einen alten Priester aus dem Hut zaubern."

„Das nicht. Aber fragen kann ich ihn."

„Wen?"

„Meinen alten Religionslehrer."

Moser sah ihn entgeistert an,

„der lebt noch?"

„Na, hör mal. So alt bin ich auch wieder nicht. Und er auch nicht. Das ist ein alter Herr, schon ein bisschen klapprig, aber geistig voll da. Ich weiß natürlich nicht, ob er die Notlüge mit

seinem Gewissen vereinbaren kann. Ich muss ihn einfach fragen.“

Moser seufzte,

„dann tu das. Mir fällt sonst eh nichts ein, was wir noch machen könnten. Halt mich am Laufenden, ob es funktioniert.“

„Mach ich. Kannst mir bei Gelegenheit was nachschauen?“

„Was denn?“

„Auf wen dieses Auto, ein Maserati, zugelassen ist.“

Er übergab ihm den Zettel mit dem Kennzeichen.

„Ein Fall von Fahrerflucht?“

„So was ähnliches.“

„Ich geb’ dir morgen Bescheid.“

„Danke, Stinker.“

Schon im Weggehen erkundigte sich Rumpler noch, wie es Mosers Enkelsohn ging. Er wurde daraufhin von Moser am Ärmel gepackt, wieder auf seinen Sitz niedergezogen und genauestens über Gewicht, Größe und Gehversuche des jungen Mannes informiert. Zum ersten Mal an diesem Abend sah er, dass Moser, der doch sehr angespannt gekommen war, lächelte. Wie gut, dass es Kinder gibt, dachte Rumpler. Seine Großnichte, genannt „die Maus“, fiel ihm ein, die er morgen als Babysitter betreuen würde. Jetzt lächelte auch er.

10.

„Grüß Gott, Herr Professor. Hier spricht Johann Rumpler, Ihr alter Schüler."

„Rumpler – du bist das. Wieso meinst du, dass du ein alter Schüler bist?"

Rumpler überlegte kurz,

„weil ich immer noch am Lernen bin."

Sein alter Lehrer lachte,

„dann ist es ja gut. Bist du noch bei der Kripo?"

„Ja und nein, oder eigentlich umgekehrt, nein und ja. Ich bin schon in Pension, aber manchmal bin ich trotzdem mit einem Fall beschäftigt."

„Aha. Und sonst geht's dir gut?"

„Ja, danke. Sie wissen ja, dass meine Frau Elsa an Krebs verstorben ist, aber seit ein paar Jahren hab' ich wieder eine Partnerin. Sie ist für mich ein Geschenk."

„Schön, sehr schön. Das freut mich sehr."

„Aber wie geht es Ihnen, Herr Professor?"

„Ach, immer gleich. Es zwickt und zwackt, mit dem Lesen klappt es nicht mehr so gut wie früher, aber sonst passt alles."

Nach einer kurzen Pause fügte er hinzu,

„aber jetzt sag' mir endlich, um welchen Fall es bei deinem Anruf geht."

„Ich hab' doch gar nichts von einem Fall gesagt…"

„Musst du auch nicht, das war mir auch so klar!"

Rumpler lachte,

„das war jetzt wie früher. Da haben Sie auch oft schon gewusst, was wir wollten, noch bevor wir eine Frage gestellt hatten."

„Dann leg einmal los!"

Rumpler erklärte ihm die näheren Umstände des Falls, ohne allerdings auf sein eigentliches Anliegen einzugehen. Nach einigen Momenten des Schweigens räusperte sich der alte Priester,

„hm. Ganz schon verzwickt. Ist dieser Schulz römisch-katholisch?“

„Ich weiß nicht. Wieso?“

„Wenn ein römisch-katholischer Priester in der Klinik erscheint und behauptet, er hätte erfahren, dass es dem Schulz schlecht geht und dass er sein geistlicher Beistand ist, dann wäre das auffällig, wenn der Schulz vielleicht ohne religiöses Bekenntnis ist. Ich bin ziemlich sicher, dass seine Daten erfasst worden sind, als sie ihn in die Klinik aufgenommen haben …“

Kurze Pause,

„… deswegen rufst du mich ja an, damit ich ihn besuch', weil sonst niemand an ihn herankommt?“

Rumpler fühlte sich entwaffnet,

„ja, genau. Wir könnten im alten Akt nachsehen. Schulz war vor Jahren Zeuge in einem Mordprozess und hat unter Eid ausgesagt.“

Der Alte hüstelte,

„ein erster Schritt, immerhin, aber zu wenig. Schulz könnte sich später von der Kirche abgewendet haben.“

„Das stimmt natürlich. Ich werd' das herausfinden und melde mich bei Ihnen.“

„Was erwartest du von mir, wenn ich bis zu ihm durchkomm'?“

„Ich wüsste gerne, wie es ihm geht, gesundheitlich, ob er viele Medikamente bekommt und vor allem, ob er ansprechbar ist. Falls er ansprechbar ist und Sie allein mit ihm sind, fragen Sie ihn bitte, was er mir sagen wollte. Ich fürchte aber, der Schulz ist total abgeschirmt. Wahrscheinlich wird man Sie gar nicht zu ihm lassen.“

„Da bin ich recht zuversichtlich. Die Kirche hat ihre Mittel und Wege.“

„Danke, dass Sie bereit sind, das auf sich zu nehmen.“

„Nach dem, was ich von dir gehört habe, ist es notwendig.“

„Und mit der Notlüge können Sie leben?“

„Das ist eine Frage des höheren Gutes. Ein Mensch hat um Hilfe gerufen und er soll Hilfe, soweit das möglich ist, bekommen.“

„Passen Sie auf sich auf, Herr Professor.“

„Siehst du eine konkrete Gefahr?“

„Nein, aber ich hab ein ungutes Gefühl.“

„Ausgezeichnet. Achte darauf, was es dir sagen will. Ich melde mich.“

„Danke, Herr Professor.“

Er legte auf. Schon interessant, dachte er, als ob die Zeit stehengeblieben wäre. Rumpler, der es normalerweise gar nicht so mit dem Beten hatte, bat den Himmel um Beistand für seinen alten Lehrer. Und natürlich auch für Schulz. Auch wenn er das nicht konkret begründen konnte, fühlte er doch eine Gefahr, die sich nicht greifen ließ, diffus wie Nebelschwaden.

11.

Um zehn Uhr am nächsten Tag traf die Maus in Begleitung ihrer Mutter Sabine und ihres Stiefvaters Boris bei Rumpler ein. Er war bereits vier Stunden auf, hatte zu Rosamundes Missvergnügen im Wohnzimmer Staub gesaugt, Stifte und Zeichenpapier bereitgelegt und die Lieblingssuppe der Maus, eine Apfel-Curry-Suppe, gekocht, mit kleinen Apfelstückchen und knusprigen Brotcroutons. Die Maus hatte eine mächtige Tasche mit Spielsachen und eine kleinere mit Kleidung zum Umziehen mit. Ihre Eltern hatten Einkäufe vor und würden die Maus gegen sechzehn Uhr abholen. Vor allem Sabine sah dem Abschied von ihrer Tochter mit einer gewissen Bangigkeit entgegen. Zu Unrecht, wie sich bald herausstellte.

„Ihr könnt's schon gehen. Ich muss jetzt mit dem Rumpi-Opa spielen."

Die beiden sahen einander verblüfft an, erkannten die Gunst der Stunde und machten sich aus dem Staub. Rosamunde hatte sich bislang noch nicht gezeigt.

In kürzester Zeit hatte die Maus aus Rumplers Wohnzimmer einen Abenteuer-Spielplatz für ihren Kasperl und die mitgebrachte Puppe gemacht, mit allerhand Verstecken, einer Rutsche und einem kleinen Polster als Ruhebereich. Dort lagen die beiden jetzt, Kasperl und Puppe, ermattet von den langen wilden Spielen der Maus. Rumpler beneidete die beiden ein wenig. Er wusste, was als Nächstes kommen würde. Es war Zeit für ein Märchen, und zwar Dornröschen. Rumpler holte sein altes Märchenbuch. Zunächst betrachtete die Maus nur die Bilder, vom Dornröschen, der Dornenhecke, den verzweifelten darin verfangenen Prinzen und dem Fest mit den Feen, zeigte sie auch der Puppe und dem Kasperl, die jedoch kaum ihre Augen offenhalten konnten. Jetzt musste Rumpler den Text vorlesen, wortwörtlich. Die Maus erkannte kleine und auch kleinste Abweichun-

gen in der Sekunde und bestand immer auf dem originalen Text. Modernere Versionen des Märchens, laut Werbung angeblich kindgerechter, lehnte sie überhaupt strikt ab. Entsprechende Versuche von pädagogisch ambitionierten Verwandten waren am unbeugsamen Willen der Maus zerschellt.

Rumpler las, der Kasperl und die Puppe ruhten, die Maus lauschte. Kaum war die Geschichte zu Ende, als die Maus bestimmte, dass Kasperl und Puppe großen Hunger hätten. Rumplers Angebot, etwas aus der Küche zu holen, verfing nicht.

„Wir brauchen eine kleine Küche, Rumpi-Opa."

Schwierig. Während er noch überlegte, aus Schuhkartons eine behelfsmäßige Puppenküche zu bauen und das entsprechende Material zusammensuchte, hatte er die rettende Idee. Auf dem Dachboden stand noch Almas alte Puppenküche, mit Regalen, Laden, kleinem Geschirr und einem hübschen Herd. Er erzählte der Maus von der Küche, sie war sofort Feuer und Flamme. Etwa zehn Minuten später stieg der staubbedeckte Rumpler vorsichtig die steile Dachbodentreppe hinab, die schwere und sperrige Puppenküche in seinen Händen. Die Maus stand unten und betrachtete ihn fasziniert. Der Ausgang des Unternehmens war mehr als fraglich, ein Zitat aus Dornröschen schien ihr angebracht,

„viele tapfere Männer haben es versucht, aber alle sind dabei elendiglich umgekommen."

Rumpler wäre vor Lachen fast von der Treppe gestürzt.

Am späten Abend, als er schon im Bett lag, dachte er vor dem Einschlafen an die Maus und ihren unglaublichen Einfallsreichtum. Ein Geschenk. Etwa eine Stunde hatte sie am Nachmittag im romantischen Innenhof des alten Hauses verbracht. Als Rumpler sich nach ihr umgesehen hatte, war sie ganz darin versunken, aus kleinen würfelförmigen Pflastersteinen aus Granit, einigen Holzstücken und etwas Erde ein kleines Gebäude zu errichten, mit Blumen, Blütenblättern und Kräutern geschmückt. Er hütete sich, sie danach zu fragen, aber nach einer Weile zeigte sie ihm ihr Werk.

„Das Haus gehört den Feen. Der Gartenfee und der Moosfee."

Rumpler sah, dass die Kräuter auf einem kleinen Polster aus Moos ruhten.

Nach einer Pause fügte sie hinzu,

„und der Waldfee."

Das schien Rumpler mehr als einleuchtend. Die Gartenfee war ja wahrscheinlich eher ein modernes Wesen, aber vor undenklichen Zeiten waren hier sicher Wälder gewesen und so stand auch dieser kleine Garten noch immer unter dem Schutz der Waldfee. Diese Vorstellung gefiel Rumpler außerordentlich. Die Maus hatte ihn bezaubert, mit ihrer wunderbaren Art, der Natur für ihre Geschenke zu danken.

Dann wanderten seine Gedanken weiter, zu Paul Schulz und zu seinem Religionslehrer. Beide waren tapfere Männer, die ein Wagnis auf sich genommen hatten. Im Zusammenhang mit ihnen hatte das Dornröschen-Zitat der Maus eine beunruhigende Qualität. Erst als sich Rosamunde neben ihn auf das Sofa legte und er ihr Schnurren hörte, war die Welt für ihn wieder in Ordnung. Zumindest bis zum nächsten Tag.

12.

„Wie macht sich die Neue so, diese Arjeta?“

„Das wird nichts. Ich habs aufgeben müssen.“

„Schade. Du wolltest sie dir doch als Nachfolgerin aufbauen. Du hast doch gesagt, dass sie so vielversprechend ist. Es ist sicher nicht leicht, wen Geeigneten zu finden.“

„Ja, sie war wirklich talentiert. Genau der richtige Typ. Ein bisschen schüchtern, sehr hübsch. Und mit dem Sack so geschickt.“

„Woran ist es dann gescheitert?“

„Sie hat auf einmal Skrupel bekommen, hat gemeint, sie kann das Vertrauen von alten Leuten nicht so ausnützen.“

„Unglaublich! Das ist der Dank für alles, was du für sie getan hast. Da gibt es aber noch was. Bei deinen letzten Besuchen beim Schulz hab ich gesehen, dass sie mit diesem aufsässigen Pfleger, dem Becker, zusammengesteckt ist. Ich hab ihn übrigens auch deshalb gefeuert, nicht nur, weil er sich wieder einmal über alle Regeln hinweggesetzt hat.“

„Eine gute Entscheidung. Er war immer etwas misstrauisch.“

„Aber was ist mit ihr? Womöglich will sie auspacken.“

„Vielleicht sollten wir sie zu ihrer Familie zurückschicken.“

„Das verstehe ich nicht. Angeblich hat sie doch gar keine Familie mehr. Die sind doch alle bei einem Unfall ums Leben gekommen.“

„Ganz genau.“

„Das gefällt mir nicht. Wir hatten doch unlängst wegen dem Böhnig schon genug Aufregung. Das war ein Fehler deines Teams. Diese Malina hat es ja gut gemeint, aber das war unüberlegt und hoch riskant. Ihr müsst einfach vorsichtiger sein. Ich lasse mir doch nicht wegen so was meine Karriere versauen.“

„Keine Sorge. Es ist alles gut gegangen. Mit Malina hab ich gesprochen. Sie wird künftig kein Risiko mehr eingehen.

Bei allem was wir tun ist Sicherheit das oberste Gebot. Das gilt natürlich auch für das, was Arjeta vielleicht zustößt."

„Wenn es wirklich sein muss, wie würdest du sie ..?"

„Ganz klassisch. Sie ist der Typ, der ins Wasser geht. Einsamkeit, ein untreuer Freund, eine Depression. Kein Wunder, wenn sie da keinen Ausweg mehr sieht. Ein paar Drogen könnten auch noch im Spiel sein."

„Davon will ich eigentlich gar nichts wissen. Und wie geht es jetzt mit dem Becker weiter?"

„Ich hab zur Sicherheit wen auf ihn angesetzt. Er bleibt jetzt einmal für ein bis zwei Monate unter Beobachtung. Dann sehen wir weiter. Je nachdem, wie er sich verhält."

„Und wenn er sich mit ihr zusammentut? Die beiden könnten uns wirklich Schwierigkeiten machen."

„Dann werden wir das Problem gemeinsam lösen."

„Mit all dem hab ich aber nichts zu tun. Gar nichts. Das ist allein deine Verantwortung."

„Das ist mir klar. Aber jetzt zu dir und deiner Verantwortung. Wann lässt du dich endlich scheiden?"

„Vesna, ich bitte dich! Warum nervst du mich so? Ich hab dir doch hundert Mal erklärt, dass ich sie noch brauche und dass es gerade jetzt so gut läuft …"

„Du hast aber versprochen, dass du dich sofort von ihr trennst, wenn ich genug Geld in die Stiftung eingebracht habe. Das Haus vom Schulz hat über eine Million ergeben."

„Du machst das wirklich großartig, Schatz. Aber ich muss noch auf den richtigen Zeitpunkt warten. Es geht sicher nur mehr um ein paar Monate, das weißt du doch."

„Nein, das weiß ich nicht. Ich glaube, in Wahrheit liebst du sie und willst sie gar nicht verlassen."

„Ich bitte dich! Das ist einfach lächerlich. Sie ist doch alt. Du bist so süß, wenn du eifersüchtig bist."

„Sieh dich vor."

13.

„Ein vorzüglicher Wein, den du mir da serviert hast, Rumpler."

Der alte Priester hob sein Glas gegen das Licht, das sich an den unzähligen Facetten des geschliffenen Glases brach, sodass der schwere Rotwein von innen her zu glühen schien.

„Ich hab mir gedacht, wenn ich Ihnen schon den Besuch in der Demenzklinik antue, muss ich wenigstens etwas Ordentliches auf den Tisch stellen. Aus Gols, von einem großartigen jungen Winzer."

Der Alte schmunzelte und nahm einen kleinen Schluck,

„sehr ordentlich, das muss ich schon sagen. In die Klinik hineinzukommen war übrigens gar nicht so schwer. Ich hab zwar den Eindruck gehabt, dass sie über mein Kommen alles andere als erfreut waren, aber abgewimmelt haben sie mich auch nicht."

„Und sind Sie zum Paul Schulz gekommen?"

„Ja, da hatte ich gleich doppeltes Glück. Ein sehr netter jüngerer Pfleger hat mich abgeholt und der Aufzug war wegen Servicearbeiten außer Betrieb."

Rumpler blickte überrascht auf,

„und wieso war der defekte Aufzug ein Glück?"

„Ganz einfach. Wenn ein alter klappriger Priester zwei Stockwerke hochsteigt, dann gerät er leicht außer Atem und muss auf jedem Treppenabsatz stehen bleiben und verschnaufen. Eine Gelegenheit. So konnte ich den Pfleger ein bisschen ausfragen. Er ist noch ziemlich neu in der Klinik und hat daher nicht allzu viel gewusst. Aber eines war bemerkenswert. Er hat erwähnt, dass ein anderer Pfleger, ein gewisser Robert Becker, unlängst fristlos entlassen worden ist. Das Ganze hat angeblich etwas mit dem Schulz zu tun gehabt. Ich hätt' noch mehr Fragen gehabt, aber dann ist eine Frau dazwischengekommen, eine Schwester Marianne. Sie hat ihm nur einen Blick zugeworfen und er hat sich überhaupt nichts mehr zu sagen getraut. Er hat mich zum

Schulz gebracht und ist gleich gegangen. Ich sollte mit der Patientenglocke nach der Schwester läuten, wenn ich fertig wäre."

„War eine Pflegerin bei ihm?"

„Ich hab zumindest keine gesehen."

„Und wie ist es dem Schulz gegangen?"

„Nicht gut. Ich glaub, er hat gar nicht richtig mitbekommen, dass jemand bei ihm zu Besuch ist."

„Hat er etwas gesagt?"

„Nein, gar nichts. Er ist einfach dagelegen, sein Atem hat gerasselt und er war an eine Infusion angehängt. Ich hab notiert, wie das Mittel heißt."

Er kramte in seiner Tasche und zog einen mehrfach zusammengefalteten Zettel hervor.

„Ah, das ist es. So heißt das Zeug."

Er gab Rumpler den Zettel und fuhr dann fort,

„ich fürchte, Paul Schulz wird bald sterben."

„Das tut mir leid. Ist Ihnen im Krankenzimmer vielleicht irgendetwas aufgefallen?"

„Ich konnte mich leider nicht in Ruhe umschauen, weil diese Schwester Marianne zwischendurch zwei Mal aufgetaucht ist und mich gefragt hat, ob ich irgendetwas brauche. Sie war offensichtlich ziemlich misstrauisch. Etwas hab ich aber schon gesehen. Auf dem Nachtkästchen vom Schulz ist ein silbern gerahmtes Foto gewesen, von einer Frau, südländischer Typ, etwa 40 bis 45 Jahre alt, ziemlich gutaussehend."

„Glauben Sie, Sie würden sie wiedererkennen, wenn Sie ein Foto von ihr sehen?"

„Da bin ich mir nicht sicher. Die Erinnerung trügt oft."

Das wusste auch Rumpler aus leidvoller jahrzehntelanger Erfahrung nur allzu gut.

„Das stimmt natürlich. Trotzdem ist es schade."

Die Augen des alten Priesters blitzten schelmisch,

„das finde ich nicht. Ich musste mir nicht merken, wie sie ausschaut, weil ich ein Foto von dem Bild gemacht hab. Ich musste nur abwarten, bis Schwester Marianne gegangen war. So war es

kein Problem. Ich bin ja technisch auf der Höhe, mit meinem Smartphone."

„Ganz schön ausgefuchst."

Rumpler nahm das Mobiltelefon von seinem alten Lehrer entgegen, besah sich das Bild und leitete es schließlich an seinen Laptop weiter.

„Vielen Dank, Herr Professor. Sie haben das wirklich großartig gemacht."

„Sehr gern, Rumpler. Ich hab mich gefreut von dir zu hören. Ich werde für Paul Schulz beten."

Er verabschiedete sich, drehte sich in der Tür aber noch einmal um und hielt Rumpler ein winziges Kuvert entgegen.

„Nur für den Fall, dass das vielleicht für eine Laboruntersuchung gebraucht wird – da sind ein paar Haare vom Schulz drin."

„Sie sind ein Wahnsinn, Herr Professor."

„Man tut, was man kann. Viel Glück, Rumpler."

14.

Rosamunde, die sich während des Besuchs überhaupt nicht gezeigt hatte, beorderte Rumpler in die Küche, damit er sie mit Futter versorge. Als sie schließlich gesättigt und zufrieden im Wohnzimmer erschien, hatte er sich auf dem Schreibtisch ausgebreitet. Sein Moleskine-Notizbuch lag bereit, der Umschlag mit der Haarprobe, ein Glas vom guten Wein war auch noch da. Es war Zeit, einen Plan zu machen. Er öffnete den Umschlag und warf einen Blick auf die Haare, die nach seiner Schätzung gut drei Zentimeter lang waren. Immerhin. Es gab einen groben Richtwert von einem Zentimeter pro Monat, natürlich mit entsprechender Schwankungsbreite. Es würde also möglich sein, Medikamentenspuren der letzten drei Monate zu analysieren. Damit würde er Moser befassen, der einen guten Draht zu den wenigen Instituten hatte, die für solche präzisen Untersuchungen qualifiziert waren. Moser würde das rasch und informell erledigen. Offiziell war das ja kaum möglich, weil es sich um eine nicht legal beschaffte Probe handelte, aber Moser kannte dort sicher jemanden, der ihm einen Gefallen schuldig war.

Die zweite Stoßrichtung betraf den entlassenen Pfleger, diesen Becker. Es war zu vermuten, dass er aufgrund seiner fristlosen Entlassung der Leitung der Klinik ablehnend gegenüberstand – eine gute Voraussetzung, um etwas Interessantes von ihm zu erfahren. Aber dazu musste man ihn erst einmal ausfindig machen. Naheliegend war wohl eine Abfrage im Melderegister. Das konnte er getrost Moser überlassen. Er hätte aber auch gerne weiterführende Informationen gehabt, bezüglich naher Verwandter oder auch hinsichtlich der Vermögensverhältnisse von Schulz. Die private Demenzklinik war sicher sündteuer und der Aufenthalt von Schulz verschlang wahrscheinlich ein kleines Vermögen. Damit würde er Max betrauen, Almas Schwiegersohn, der sich gemeinsam mit seiner Frau Sonja beruflich inten-

siv mit IT-Sicherheit befasste und informell immer gerne bereit war, Rumpler bei Anliegen, die nicht über den Amtsweg zu erledigen waren, zu helfen.

Schließlich war da noch die Frau auf dem Foto. Vielleicht wusste Becker, um wen es sich handelte, falls sie öfter bei Schulz zu Besuch gewesen war. Moser hatte seine Kollegen jedenfalls auch schon auf die Unbekannte angesetzt. Es war wichtig, sie zu identifizieren und zu erfahren, ob Schulz ihr vielleicht hinsichtlich seiner Bedrohung etwas anvertraut hatte.

Rumpler nahm einen Schluck Wein und schloss kurz die Augen. Noch etwas war zu beachten, was die Angelegenheit ziemlich schwierig machte. Es war durchaus möglich, dass die Bedrohung von Schulz, sofern es sie überhaupt gab, von Becker selbst oder von der Frau auf dem Foto ausgegangen war. Dafür sprach, dass Schulz nicht diese beiden ihm vertrauten Personen um Hilfe gebeten hatte, sondern ihn, Rumpler, im Wege von Maria Valskys Fragebogen. Genauso gut war es aber möglich, dass Schulz ihm Nahestehende nicht mit seinen Sorgen belasten wollte und auf die Erfahrung eines Kriminalisten zurückgreifen wollte. Rumpler bemerkte, dass seine Gedanken begannen, sich im Kreis zu drehen und klappte das Buch zu. Das Geräusch ließ Rosamunde aufblicken, sie streckte sich lang durch und sprang dann mit erstaunlicher Grazie auf den Schreibtisch, um sich schnurrend und purrend mit Rumpler zu unterhalten.

Ein wenig überrascht war er über den schnellen gesundheitlichen Verfall von Schulz. Um seinen sehr raffinierten Hilferuf an Frau Valsky absetzen zu können, musste er noch ziemlich gut beisammen gewesen sein, sonst hätte er die erforderliche Konzentration für diese anspruchsvolle Übung nicht aufgebracht. Nur ein paar Tage später berichtete sein Religionslehrer, dass Schulz vielleicht bald sterben würde. Der alte Priester hatte sicher so viele Menschen auf ihrem letzten Weg begleitet, dass seiner diesbezüglichen Einschätzung wohl zu trauen war. Die Zeit drohte ihm davonzulaufen. Umso wertvoller könnte in diesem Zusammenhang die Haarprobe sein. Es war aber genauso

gut möglich, dass das alles nichts ergab. Vielleicht hatte der Mörder, den Schulz durch seine Aussage ins Gefängnis gebracht hatte, tatsächlich einen Weg gefunden, ihn zu bedrohen, um sich an ihm zu rächen. Oder aber Schulz litt unter einer Art Verfolgungswahn, wie es bei Demenzkranken gelegentlich vorkam. Aus Erfahrung wusste Rumpler, wie wichtig es war, allen diesen möglichen Varianten neutral gegenüberzustehen und den Fokus im Lauf der Zeit, Schritt für Schritt, in einem Eliminationsverfahren immer weiter einzuengen, so lange, bis eine plausible Lösung in Sicht war. Das würde dauern, für Schulz vielleicht zu lange.

Als Rumpler in die Küche ging, fiel sein Blick auf seinen Wandkalender. Er lächelte. Morgen war es endlich so weit. Alma kam aus den USA zurück. Er hatte ihr angeboten, zur Feier des Wiedersehens ein besonders aufwändiges Essen ganz nach ihren Wünschen zu kochen. Unter Verweis auf ihre kulinarischen Exzesse der letzten Wochen, inklusive Fast Food, hatte sie ihn aber gebeten, nur einen Salat vorzubereiten. Sein diesbezüglicher Einkauf am Naschmarkt war durchaus erfolgreich gewesen. Rumpler liebte die unglaubliche Vielfalt an diversen Blattsalaten, hatte unter anderem auch Rucola, junge Spinatblätter und Radicchio gekauft, dazu noch einige Handvoll der köstlichen dattelförmigen Paradeiser, nie hätte er sie Tomaten genannt, zwei Stangen Lauch, einen Bund Jungzwiebel und etwas Knoblauch. Er hatte seinen Einkauf eigentlich schon abgeschlossen, als sein Blick auf eine Kiste mit prachtvollen Kräuterseitlingen fiel, jene Pilze, die in Butter mit etwas Petersilie bissfest angebraten eine echte Delikatesse waren. Die Kräuterseitlinge würde er erst morgen frisch zubereiten, aber die Paradeiser erforderten etwas mehr Zeit. Er schnitt sie jeweils in drei Teile, sodass sich ziemlich dicke Scheiben ergaben, goss etwas Olivenöl auf ein Backblech und fügte die Paradeiser samt dem in dicke Ringe geschnittenen Lauch, den Jungzwiebeln und einigen Zehen Knoblauch hinzu. Zuletzt würzte er alles mit grob gemahlenem Pfeffer und Meersalzflocken, beträufelte es mit Olivenöl und schob das Blech ins

Backrohr, wo die Paradeiser bei schrittweise fallender Temperatur über viele Stunden vor sich hin schmurgeln würden. Bei diesem langsamen Braten oder eigentlich Eintrocknen karamellisierte der in den Gemüsen enthaltene Zucker und gab gemeinsam mit der Schärfe des Pfeffers ein wunderbares Aroma. Nach kurzer Zeit lag ein betörender Duft mediterraner Küche in der Luft, der Rumpler zunächst ans Meer und dann an einen Kaffee denken ließ. Mit einem frisch zubereiteten Ristretto ausgestattet ging er ins Wohnzimmer und rief Max an, der aber nicht abhob. Rumpler bat um seinen Rückruf, der schon nach wenigen Minuten eintraf.

„Hallo, Hans, was kann ich für dich tun?"

„Servus, Max. Danke für deinen Rückruf. Ich hätt' ein Attentat auf dich vor. Es gibt wahrscheinlich einen neuen Fall."

„Interessant. Lass hören!"

„Ich bräuchte Hintergrundinformationen zu einer Demenzklinik im Süden von Wien. Vor allem geht es mir um den ärztlichen Leiter, einen gewissen Dr. Alfonso Rodriguez, seinen beruflichen Werdegang, Hobbies, Wohnsitz, Lebensweise, Beziehungen."

„Hast du ihn unter Verdacht?"

„Nicht konkret. Das kann aber noch werden. Ich habe von einem Patienten der Klinik einen verschlüsselten Hilferuf bekommen und so ist Rodriguez auf meinen Radar geraten."

„Ich verstehe. Wie lange habe ich dafür Zeit?"

Rumplers Antwort kam minimal verzögert,

„Ich glaub, in einer Woche wäre es gut, wenn das für dich passt."

Max lachte,

„hab' schon verstanden. In spätestens drei Tagen bekommst du deine Informationen."

„Das wäre toll, Max. Da wäre aber noch was. Kannst du herausfinden, wer die nächsten Verwandten von einem gewissen Paul Schulz sind? Er ist in der Klinik, die Dr. Rodriguez leitet, als Patient untergebracht."

„Das wird nicht so schwer sein."
„Du hast ein Essen bei mir gut. Wünsch dir einfach was."
„Großartig. Ich melde mich bei dir, wenn ich die Ergebnisse für dich hab."
„Bestens. Ich hoffe, es wird dir jetzt nicht zu viel, aber in der Klinik hat bis vor kurzem ein gewisser Becker als Pfleger gearbeitet. Ich weiß nur, dass er gekündigt wurde. Ich würde ihn gern erreichen und bräuchte seine Kontaktdaten."
„Ist schon notiert. Mach ich gerne."
„Vielen Dank, Max."
Rumpler legte auf. Auf Max war immer Verlass, egal, ob er genug Zeit zur Verfügung hatte oder unter schwerem Stress stand. Vor einigen Jahren hatte Max ihm das Leben gerettet, durch seine phänomenale Reaktionsfähigkeit. Rumpler war dem Tod kaum je so nahe gewesen wie damals und noch heute spürte er ein Nachbeben der wilden Freude darüber, überlebt zu haben. Das war Max. Einer der Besten.

15.

Alma hatte sich nach ihrer Rückkehr aus den USA noch eine Woche Urlaub gegönnt, um ihre Arbeit in der Ordination ohne Jetlag aufnehmen zu können. Rumpler und sie genossen diese gemeinsame Zeit sehr, vor allem bei Ausflügen in der Umgebung von Wien. Auf einer längeren Wanderung im romantischen Helenental in der Nähe des historischen Kurorts Baden, kam er Alma ziemlich nachdenklich vor und sie sprach es an,

„Irgendwas beschäftigt dich, Lieber. Willst mir davon erzählen?“

Er seufzte,

„ja und nein. Nein, weil ich dich nicht in meine Ermittlungsgeschichten hineinziehen will, ja, weil es mir gut tut, solche schwierigen Themen mit dir zu besprechen.“

Sie lächelte,

„na dann. Erzähl einfach!“

Und er erzählte, vom verschlüsselten Hilferuf und von seiner Sorge um Schulz. Als er ihr von der Eigentümerin der Demenzklinik und ihrem Mann berichtete, blickte sie überrascht auf,

„das gibt’s ja gar nicht! Heißt sie Weitensthal-Rodriguez?“

Er nickte.

„du, die hab ich unlängst kennengelernt, bei einer Charity-Veranstaltung, die die Reni organisiert hat.“

Reni war eine langjährige gute Freundin und Vertraute von Alma, die sich stark für soziale Projekte engagierte.

„Interessant. Ich hoff’, mit ihrem Mann ist alles in Ordnung. Ich hab bei ihm ein ungutes Gefühl. Max wird mich hoffentlich bald mit Informationen über ihn versorgen.“

„Also, damals bei unserem Treffen war sie frisch verliebt und hat von ihm in den höchsten Tönen geschwärmt, wie ein junges Mädchen. Ich werd' mich einmal bei der Reni melden und vielleicht wieder eine Veranstaltung besuchen, dann kann ich mehr

über sie herausfinden."
Rumpler blickte etwas besorgt,
„du, ich will dich aber nicht da hineinziehen."
Sie lachte,
„Keine Sorge. Das passt schon. "
Die eindrucksvolle Ruine Rauheneck mit ihrem auffälligen dreieckigen Turm lag bereits ein Stück hinter ihnen, als Rumpler wieder auf die Demenz zu sprechen kam. Almas Gesichtsausdruck wurde ernst. Als er geendet hatte, gingen sie längere Zeit schweigend weiter, bis sie endlich antwortete,
„Demenz ist ein schwieriges Thema. Da stößt man schnell an seine Grenzen und ist oft hilflos."
Nach einer kurzen Pause fügte sie hinzu,
„meine Mutter war dement. Ich glaub, ich hab dir das noch gar nicht erzählt."
Rumpler war betroffen,
„nein, das wusste ich nicht. War die Demenz bei ihr stark ausgeprägt?"
„Ja, sehr. In ihrem letzten Lebensjahr hat sie mich überhaupt nicht mehr erkannt. Sie war praktisch immer besorgt, dass bei ihr eingebrochen wird und dass fremde Menschen in ihrer Wohnung ein- und ausgehen. Ich war ihr völlig fremd. Ich hätt ihr so gerne geholfen, aber ich hab sie nicht erreicht."
Sie schaute zum Himmel hinauf, wo hoch oben einige Vögel kreisten.
„Das tut dir immer noch weh."
Sie nickte schweigend, während er fortfuhr,
„mir hat das Thema der Demenz auch Angst gemacht, über meinen aktuellen Fall hinaus."
„Das wundert mich nicht. Man kann es natürlich verdrängen, aber wenn man es anschaut, dann lässt es einen nicht kalt."
Er wandte sich ihr zu und sah sie an,
„ich möchte dich was bitten, Liebe. Ich hoff', dass das nie eintritt, aber wenn es mit mir einmal so weit kommen sollte, versprich mir, dass du dann richtig gut auf dich schaust. Dann kann

ich diese Vorstellung viel leichter ertragen.“
Sie lächelte unter Tränen,
„das versprech’ ich dir. Du mir aber auch!“
Er nahm sie in die Arme. Ihr Abkommen war besiegelt.

16.

Johann Rumpler war unruhig. In der Sache Schulz tat sich nichts. Seit seinem Gespräch mit Max waren zwei Tage vergangen. Er hatte noch nichts von ihm gehört. Die von Moser in Aussicht gestellte Haaranalyse lag auch noch nicht vor. Er griff zum Telefon.

„Hallo, Stinker. Weißt du schon was von der Haaranalyse vom Schulz?“

„Verflucht. Das hab ich in den letzten Tagen ganz vergessen. Bei uns ist es drüber und drunter gegangen. Weißt ja eh, der Mord am Donaukanal hält uns auf Trab. Ich ruf gleich im Institut an und meld’ mich bei dir.“

„Danke, Stinker.“

Nur Minuten später kam Mosers Rückruf.

„Hallo, Hans. Wir haben keinen Beweis, aber zumindest ein auffälliges Ergebnis.“

„Wie ist das zu verstehen?“

„In den Haaren vom Schulz sind Medikamente nachgewiesen worden, die bei Demenzkranken typischerweise verwendet werden. Auffällig ist allerdings die Dosierung, die in den letzten Wochen deutlich erhöht worden ist, über das normale Maß hinaus.“

„Ich versteh. Machen können wir wahrscheinlich trotzdem nichts, nachdem die Probe nicht legal beschafft worden ist.“

„Ich könnt der Gesundheitsbehörde informell einen Tipp geben. Ich kenn dort wen.“

„Dann wär das wahrscheinlich das Beste. In unserer Frage hilft uns das zwar nicht weiter, aber falls dort auch andere Patienten mit überdosierten Medikamenten behandelt werden, ist es trotzdem wichtig. Halt mich bitte am Laufenden.“

„Mach ich. Noch was. Du hast mich doch wegen dem blauen Maserati gefragt. Der Wagen ist auf einen Dr. Rodriguez zugelassen.“

„Danke, Stinker. Hab' ich mir eh gedacht."

Auf Max war wie immer Verlass. Er hatte in kürzester Zeit einen gewissen Herrn Helfers als Neffen und damit nächsten Verwandten von Paul Schulz ausfindig gemacht und Rumpler auch gleich mit dessen Kontaktdaten versorgt.

Rumpler rief ihn sofort an,

„guten Tag, Herr Helfers. Mein Name ist Rumpler, Johann Rumpler. Ich bin der pensionierte Kriminalbeamte, der seinerzeit den Mord untersucht hat, in dem Ihr Onkel als Zeuge ausgesagt hat."

„Ah, ich erinnere mich. Mein Onkel hat mir damals davon erzählt. Und wieso kommen Sie jetzt auf mich?"

„Herr Schulz hat mir eine Nachricht zukommen lassen, dass er mit mir sprechen wollte. Dazu ist es aber bis jetzt nicht gekommen."

„Das wundert mich nicht. Mein Onkel ist völlig abgeschirmt in der Klinik. Es ist praktisch unmöglich, ihn dort zu erreichen. Dafür ist diese Frau verantwortlich, die sich so in sein Leben gedrängt hat. Ich kenne nur ihren Vornamen, Vesna."

„Ich habe ein Foto, das ich Ihnen gerne zeigen würde. Vielleicht erkennen Sie sie. Hätten Sie Zeit für ein Treffen in einem Café?"

Helfers schlug ihm ein am Rennweg gelegenes Café vor. Rumpler freute sich sehr über diese Wahl, weil sie ihm vor dem Treffen einen Spaziergang im Park des Schlosses Belvedere nahelegte. Die wunderschöne Gartenanlage war für ihn mit jeder Menge Kindheitserinnerungen aufgeladen. Im Volksschulalter hatte Rumpler in Fußgehdistanz vom Belvedere gewohnt und vor dem Schloss des Prinzen Eugen war auch sein täglicher Spielplatz gewesen. Nicht, dass es dort etwa tatsächlich einen Spielplatz gegeben hätte, aber die Kinder hatten sich in dem Barockgarten trotzdem ihre Bereiche gesichert, etwa in einer steinernen Nische zum Fußballspielen, immer gegen die Wand, oder sie erkletterten eine der rätselhaft lächelnden Sphinxen, die dort

auf ihren Sockeln ruhten. Das alles war natürlich streng verboten und zur Überwachung gab es einen Parkwächter, einen dünnen Mann, der im Krieg seinen linken Arm verloren hatte und immer einen bösen, ebenfalls dünnen Schäferhund an der Leine führte, den die Kinder gehörig fürchteten. Sobald irgendeiner der kleinen Bande den Parkwächter samt Hund sichtete, erscholl ein schriller Pfiff, gefolgt von den Worten „Tschiff, der Paktschi kommt" und in Windeseile verschwanden alle unter den streng zurechtgestutzten Hecken, die außen sehr dicht belaubt waren, aber innen im Stamm- und Wurzelbereich genügend Verstecke und sogar ziemlich lange Gangsysteme boten, durch die sich die Kinder durchschlängeln konnten, um nicht erwischt zu werden.

Als Rumpler von dem Café nur mehr wenige hundert Meter entfernt war, blieb er plötzlich so abrupt stehen, dass ein hinter ihm gehender junger Mann prompt in ihn hineinlief. Rumpler entschuldigte sich, der Mann entfernte sich kopfschüttelnd. Eine Erinnerung hatte Rumpler unerwartet eingeholt. Er blickte vom massiven Eingangstor des Gründerzeithauses, vor dem er stand, in den ersten Stock hinauf, um sich zu vergewissern. Ja, es war dieses Haus, vor vielen Jahren hatte er etwas von seiner schrecklichen Geschichte gehört. Eine befreundete Ärztin hatte ihm erzählt, was ihr Vater dort als junger Mann erlebt hatte. Er hatte in der Zeit des Nationalsozialismus in einer Textilfirma gearbeitet, die Firma wurde arisiert, die jüdischen Eigentümer waren nach London geflüchtet. Er selbst wurde von einem Spitzel der Kollaboration mit Juden beschuldigt, sein Transport in das Konzentrationslager Buchenwald war schon beschlossene Sache, als ein befreundeter Polizist es wider Erwarten schaffte, ihn zu retten, indem er ihm einen Platz in einer Schreibstube verschaffte, einer jener zahllosen Stellen, in denen die nationalsozialistische Bürokratie ihre pedantischen Wucherungen entfaltete. Die Schreibstube war im ersten Stock genau jenes Hauses gelegen, vor dem Rumpler jetzt stand. Dort war es zu einem fatalen Zusammentreffen zweier junger Männer gekommen, die der Vater

der Ärztin beide gekannt hatte. Sie hatten als Kinder gemeinsam gespielt und waren im selben Sportverein aktiv gewesen. Der eine war ein glühender Parteigänger geworden, der andere seinen sozialdemokratischen Prinzipien treu geblieben.

Sie treffen in der Schreibstube durch einen Zufall aufeinander. Das schneidige „Heil Hitler“ des einen wird durch ein ungläubiges „bist du jetzt auch schon so teppert ’worden?“ beantwortet. Und dann geschieht das Unfassbare. Der Nazi zieht seine Pistole, erschießt seinen ehemaligen Spielkameraden und zerrt den Leichnam an den Füßen aus der Schreibstube. Der entsetzte Vater von Rumplers Freundin muss alles mit ansehen.

Diese abgrundtief bösartige Auslöschung eines Menschenlebens hatte sich in Rumplers Gedächtnis eingebrannt. Unauslöschlich. Sie ging ihm sehr nahe, zumal nichts, aber auch gar nichts an diesen entsetzlichen Vorfall erinnerte, keine Gedenktafel, die sich dem Vergessen entgegengestemmt hätte. Es war, als ob es nie passiert wäre.

17.

Rumplers sehr nachdenkliche Stimmung änderte sich erst, als er das Café erreichte. Es war ziemlich groß, ein wenig düster, ein wenig verstaubt, aber doch sehr einladend, ohne dass er hätte sagen können, woran das lag. Nachdem er Helfers gefunden und ihn begrüßt hatte, griff Rumpler in die Tasche und zeigte seinem Gegenüber das Foto, das ihm sein Religionslehrer besorgt hatte,

„ist das vielleicht diese Vesna?"

„Ja, ganz eindeutig. Das ist sie. Wie sind Sie an das Foto gekommen?"

Rumpler war ungeachtet seiner Pensionierung Polizist genug, um auf die Frage nicht einzugehen.

Nach einer kleinen Pause fuhr Helfers fort,

„wirklich erstaunlich, dass Sie mein Onkel überhaupt benachrichtigen konnte."

„Ja, das ist bemerkenswert. Er hat trotz aller Schwierigkeiten einen Weg gefunden, mit mir in Kontakt zu treten."

Sie hatten einen im Randbereich gelegenen Tisch, wo sie ungestört sprechen konnten.

„Hatten Sie eigentlich regelmäßig Kontakt mit Ihrem Onkel?"

„Ja, als Kind und auch als Jugendlicher schon. Er ist jede Woche mindestens einmal zu uns zum Essen gekommen, sehr gerne, weil meine Mutter großartig gekocht hat. Zu mir war er sehr nett. Er hat mir jedes Mal etwas Interessantes mitgebracht, ein paar Briefmarken, alte Münzen, alles Mögliche, und er hat auch immer irgendeine interessante Geschichte dazu gewusst. Er hat mit großer Begeisterung Briefmarken gesammelt, vor allem aus der Schweiz, hat dazu sogar international korrespondiert und auch immer wieder auf Auktionen was gekauft. Seine wirklichen Kostbarkeiten hat er mir aber nie gezeigt, sondern nur die Durchschnittsware. Ich hab mich immer sehr gefreut, wenn er gekommen ist."

„Und wieso war er dann plötzlich isoliert und hat sich zurückgezogen?“

„Angefangen hat das vor knapp einem Jahr. Er hat mir erzählt, dass er eine Frau kennengelernt hat, die sich um seinen Haushalt kümmert und gut auf ihn schaut. Zunächst hab ich mich für ihn gefreut, weil er war in den Jahren davor schon ziemlich einsam, aber mit der Zeit ist er mir gegenüber immer seltsamer geworden, war extrem misstrauisch und hat bei ihm geplante Besuche oft kurzfristig abgesagt. Ich hab mir dann Sorgen gemacht, ob es ihm gut geht und bin einmal einfach unangemeldet zu seinem Haus gefahren. Diese Frau, ich weiß nicht einmal, wie sie mit dem Familiennamen heißt, hat geöffnet und gesagt, dass er nicht besucht werden kann. Als ich darauf bestanden habe, meinen Onkel zu sehen, hat sie mir eine beglaubigte Vollmacht gezeigt, in der er ihr sämtliche Vertretungsbefugnisse für ihn eingeräumt hat. Mir war das Ganze sehr suspekt, aber ich konnte nichts machen. Ich hab mir von der Vollmacht leider kein Foto gemacht, sonst wüsste ich wenigstens ihren Namen. Mein Onkel war ziemlich vermögend. Er hatte zwei oder drei Grundstücke in Wien und auch ein schönes Haus mit Garten im siebzehnten Bezirk, wo er gewohnt hat, bevor er in die Klinik gekommen ist. Als ich vor ein paar Wochen dort vorbeigekommen bin, war die Tafel eines Maklers am Gartenzaun angebracht. Das Haus war zum Verkauf angeschrieben. Ich hab dann gleich beim Makler angerufen und erfahren, dass es bereits verkauft ist. Über das Meldeamt hab ich dann erfahren, dass mein Onkel in die Demenzklinik gebracht worden ist. Ich hab mehrmals versucht, ihn dort zu besuchen, bin aber immer abgewimmelt worden. Angeblich wollte mein Onkel nichts mehr mit mir zu tun haben.“

„Und von dieser mysteriösen Vesna wissen Sie gar nichts?“

„Fast gar nichts. Sie sieht gut aus, in Wirklichkeit noch besser als auf dem Foto, ein südländischer Typ, sehr gepflegt und spricht gutes Deutsch. Mein Onkel hat bei unserem letzten Treffen nur erzählt, dass er sie durch Zufall beim Einkaufen kennengelernt hat. Ihr sind die Einkaufssachen heruntergefallen, er

hat ihr geholfen und sie dann auf einen Kaffee eingeladen. Sie hat ihm erzählt, dass sie ganz allein ist, aber das stimmt sicher nicht. Als ich damals hingefahren bin und sie mir die Vollmacht gezeigt hat, war nämlich ein Mann mit ihr im Garten, den sie offensichtlich gut gekannt hat. Vor dem Haus war ein schwarzer Pickup mit abgedunkelten Scheiben geparkt. "

„Haben Sie sich vielleicht das Kennzeichen angesehen?"

„Nein, leider nicht."

„Hat Ihnen Ihr Onkel eigentlich ein Erbe in Aussicht gestellt?"

„Zumindest nicht direkt. Er hat schon durchblicken lassen, dass er mir einmal etwas vermachen wird, aber konkret hat er mir nur eine schöne alte Uhr versprochen, mit einem Spielwerk, feuervergoldet, circa hundertfünfzig Jahre alt. Diese Uhr hat mich schon als Kind fasziniert und er hat mir fix versprochen, dass er sie mir einmal vererbt. Daraus ist aber nichts geworden. Um die Uhr tut es mir leid. Ich hab' sehr schöne Erinnerungen mit ihr verbunden."

„Ich versteh'. Und wie ist die Sache dann weitergegangen?"

„Als ich versucht hab, ihn anzurufen, hat sich herausgestellt, dass seine alte Nummer gelöscht war. Ich bin dann zu seinem Haus gefahren. Ich hatte die Schlüssel, weil ich ihm immer den Garten betreut hab, wenn er auf Urlaub gefahren ist. Der Schlüssel hat aber nicht mehr gepasst. Diese Frau hat offensichtlich sämtliche Schlösser ändern lassen. Oder der Käufer des Hauses hat das machen lassen."

„Könnten Sie mir vielleicht die Adresse vom Haus Ihres Onkels geben? Über das Grundbuch sollte sich feststellen lassen, an wen das Haus gegangen ist."

Helfers zog einen winzigen Zettel aus der Tasche, schrieb die Adresse darauf und gab ihn Rumpler, der sich bedankte und verabschiedete.

Als er nach seiner doch etwas längeren Abwesenheit wieder zu Hause ankam, wurde er von Rosamunde sofort zur Rede gestellt. Es war höchste Zeit für ihr Futter. Er hielt sich daher gar nicht erst mit Ausflüchten auf, die die Situation ohnedies

nur verschlimmert hätten und beeilte sich, ihren Napf zu füllen. Als sie gesättigt war, stieg ihr Stimmungsbarometer deutlich an. Er richtete sich einen Espresso, den er zum Nachdenken in den schönen Innenhof mitnahm. Rosamunde folgte ihm und machte es sich neben ihm auf der Bank gemütlich.

Um sein Versprechen einzulösen, hatte er zum Abendessen Max eingeladen, der sich einen Risotto gewünscht hatte, wobei er die Ausgestaltung Rumpler überließ. Nachdem dieser ein Säckchen vorzüglicher Walnüsse vorrätig und im Innenhof reichlich jungen Löwenzahn gesehen hatte, beschloss er, einen Walnuss-Löwenzahn-Risotto zu machen, ergänzt mit etwas kandiertem Knoblauch und Ingwer. So würde sich mit dem leicht bitteren Geschmack des Löwenzahns und den außen süßen, innen scharfen Knoblauch- und Ingwerscheiben eine wunderbare Balance ergeben. Rumpler genoss es, Risotto zu kochen, er liebte den Moment, wenn sich durch das Ablöschen der heißen Zwiebel-Reis-Mischung zischend eine aromatisch duftende Wolke erhob. Das war auch der richtige Augenblick, einen Schluck von dem vorzüglichen Weißwein zu kosten. Dann begann der geradezu kontemplative Teil des Kochens, den er ganz besonders schätzte, das beständige Rühren und das behutsame Hinzufügen kochender Flüssigkeit, der Reis durfte keineswegs „schwimmen". Als Begleitung zum Risotto hatte er einen grünen Salat mit Cocktail-Paradeisern gerichtet; als Vorspeise gab es typisch italienische Antipasti, wobei die Salami allerdings nicht aus Italien, sondern aus dem Jauntal in Kärnten stammte, das für diese Spezialität zu Recht berühmt war. Gegen neunzehn Uhr saßen Alma, Max und Rumpler beim gemütlichen Esstisch in der Küche. Sonja war auch eingeladen, hatte aber zu ihrem Bedauern eine strikt befristete Arbeit abzuliefern und konnte daher nicht teilnehmen. Um sich ungestört dem Genuss hingeben zu können, hatten sie zu Beginn des Essens vereinbart, auf Rumplers aktuellen Fall nicht einzugehen. Er hatte einen nicht zu schweren, zur Jahreszeit passenden Weißwein, einen Morillon aus der Südsteier-

mark, kühl gestellt, der mit seinen frischen Apfel- und Zitronennoten wunderbar zum Risotto passte. Max bedankte sich für das vorzügliche Essen und sie stießen zunächst auf den Koch, dann auch auf Sonja und zuletzt auf das Leben überhaupt an. Rumpler liebte solche Rituale, es waren solche scheinbaren Kleinigkeiten, die sein Leben so reich machten. Rosamunde war erst nach dem Essen aufgetaucht, das wohl nicht ganz ihrem Beuteschema entsprach und hatte es sich im Wohnzimmer auf der Bank zwischen Rumpler und Alma gemütlich gemacht. Max blieb nicht allzu lange, er wollte Sonja noch bei ihrer wohl unvermeidbaren Nachtschicht unterstützen. Es war ein ausgesprochen warmer Frühsommerabend und so setzten sich Rumpler und Alma für eine Weile in den Innenhof, sie hatten Decken mitgenommen, er spürte ihre Hand in seiner, eine kleine Welle Glück rollte heran, sie fühlten sich alterslos.

18.

Es war fatal. Der Hilferuf von Schulz hatte ihn zwar erreicht, er hatte Schulz besuchen wollen, aber die rasche Verschlechterung von dessen Gesundheitszustand hatte das verhindert. Für Schulz konnte er daher im Augenblick nichts mehr tun. Es war aber auch kaum möglich, an entsprechende Informationen heranzukommen. Das ging wohl nur mit einem Insider und dafür kam eigentlich nur der Pfleger von Schulz, dieser Becker in Frage. Er musste möglichst bald mit Becker sprechen.

Als hätte Max die Rumplerschen Gedanken lesen können rief er ihn nur wenig später an. Er bedankte sich zunächst nochmals für das perfekte Wunschessen und gab ihm dann die wichtigsten Daten von Becker durch, darunter Adresse, Handynummer, Autotyp und -kennzeichen und seine Bankverbindung. In weiterer Folge kam er dann auf Dr. Rodriguez zu sprechen.

„Dieser Arzt ist eine schillernde Persönlichkeit. Studiert hat er in Lateinamerika. Später war er in den USA und hat dort mehrere Praktika gemacht. Er hat einige Artikel zum Thema Demenz in einem wissenschaftlichen Magazin veröffentlicht, die aber von mehreren seiner Kollegen als ziemlich schwach beurteilt wurden. Gerüchten zufolge kann man sich in diesem Medium die Veröffentlichung von Artikeln gegen entsprechende Bezahlung kaufen. Ähnliches gilt übrigens auch für die entsprechenden Rezensionen. Er war schon zweimal verheiratet, beide Male mit sehr vermögenden Frauen, die älter waren als er, und hat sich von ihnen aushalten lassen. Gleichzeitig hatte er aber immer wieder Liebschaften mit anderen Frauen. Seine erste Frau hat sich von ihm getrennt, als sie ihm auf die Schliche gekommen ist, seine zweite Frau ist relativ früh unter nicht ganz geklärten Umständen verstorben, angeblich durch eine Lebensmittelvergiftung. Das war übrigens zu der Zeit, als er bereits mit Frau Dr. Weitensfeld ein Verhältnis hatte. Sie hat ihn damals bei einem

Kongress in Rio de Janeiro kennengelernt. Das reiche Erbe nach seiner zweiten Frau hat er in kürzester Zeit verprasst. Rodriguez führt ein luxuriöses Leben, ist Mitglied in einem teuren Golfclub und fährt einen Maserati. Er ist Vorstand einer wohltätigen Stiftung zugunsten Demenzkranker. Leisten kann er sich das alles durch seinen sehr lukrativen Vertrag mit der Demenzklinik, in der er beschäftigt ist und die seiner Frau gehört. Sie ist übrigens gut zehn Jahre älter als er und schwer reich. Altes Geld, ihr Vater war Großindustrieller."

„Vielen Dank, Max. Wie hast du das alles herausgefunden?"

„Einiges aus der Regenbogenpresse und vieles aus den Sozialen Medien. Rodriguez liebt es, in der Öffentlichkeit wahrgenommen zu werden und das hat mir bei meinen Recherchen geholfen. Ich schick dir noch ein paar Seiten mit weiteren Details, die du ausdrucken kannst."

„Super, danke. Habt ihr gestern noch sehr lang arbeiten müssen?"

„War gar nicht so schlimm – um zwei Uhr früh waren wir fertig."

„Das ist zum Glück noch irgendwie erträglich. Ich wünsch dir einen schönen Tag und liebe Grüße an die Sonja."

„Danke und dir viel Erfolg bei deinem Fall."

Rumpler machte sich zu dem, was er über Dr. Rodriguez gehört hatte, noch einige Notizen und versuchte dann mehrmals, Becker telefonisch zu erreichen – ohne Erfolg. Er fuhr zu der von Max angegebenen Adresse, einem Mehrparteienhaus in Ottakring. Die Haustür stand offen, es war ein warmer Tag. Vielleicht wollte man durchlüften. Als die Wohnungstür auch nach längerem Läuten nicht geöffnet wurde, tauchte im Stiegenhaus eine Nachbarin von Becker auf, eine Frau mittleren Alters, dürr wie ein Stecken. Ihre leuchtendblauen Leggins in Verbindung mit einem neongelben Pullover verliehen ihr ein papageienhaftes Aussehen. Sie sah Rumpler prüfend an, fasste offenbar sofort Vertrauen zu ihm und erzählte ihm auf seine Frage bereitwillig, dass Becker verreist sei,

„Hals über Kopf, mitten in der Nacht. Mit einer jungen Frau. Einen Koffer und eine Tasche ham sie mitg'habt. Wie ich herausg'schaut hab, wegen der komischen Geräusche in der Nacht und ihn und mit dem Mädel g'sehn hab', sehr hübsch übrigens die Kleine, war ihm das gar nicht recht. ‚Fahrns fort?' hab ich ihn g'fragt, aber er hat nur genickt und nicht g'sagt, wohin. Es war fast, wie wenn er ein schlecht's Gewissen g'habt hätt."

Nach einer kurzen Pause fügte sie triumphierend hinzu,

„ich habs aber dann doch herauskriegt, wohin sie fahr'n, wie er die Sachen hinunter tragen hat und sie gewartet hat. Gell, Sie fahr'n zur Schwester vom Herrn Becker nach Kärnten, hab ich g'sagt. Sie hat nichts darauf g'sagt, aber ich hab ihrs sofort ang'sehn, dass das stimmt. Inzwischen ist aber er wieder dazukommen und wie ich ihn direkt gfragt hab, hat er gsagt, dass sie ins Burgenland fahren. Ausgerechnet ins Burgenland! Ein aufg'legter Schwindel!"

Rumpler bedankte sich, ging zu seinem Auto und blätterte die Ausdrucke durch, die ihm Max zur Verfügung gestellt hatte. Vor allem zwei Dinge erschienen ihm interessant. Zum einen war in den Unterlagen tatsächlich eine Schwester von Becker angeführt, die in Bleiburg in Kärnten gemeldet war und in etwa zehn Kilometer Entfernung von ihrer Wohnung ein einschichtig gelegenes Jagdhaus besaß. Das konnte nach Rumplers Einschätzung Beckers Zielort sein. Zum anderen hatte sich Becker vor wenigen Tagen in einem Waffengeschäft eine Gaspistole gekauft, die einer echten Waffe täuschend ähnlich sah. Max hatte sich offenbar auch einen Zugang zu Beckers Computer verschafft. Wie ihm das gelungen war, wollte Rumpler lieber gar nicht wissen. Was ihn aber mit Sorge erfüllte, war die Kombination des Kaufs der Gaspistole und des überstürzten Aufbruchs mitten in der Nacht. Becker fühlte sich offensichtlich bedroht.

„Ich muss nach Kärnten fahren, Liebe. Jetzt gleich."

Sie blickte von dem Buch, in das sie sich vertieft hatte, besorgt auf,

„dein neuer Fall. Wird es gefährlich für dich?"

Almas Anspannung war für ihn deutlich zu spüren.

„Ich hoff nicht. Ich hab übrigens von Max einiges über diesen Dr. Rodriguez erfahren. Er war schon zweimal mit Frauen, die älter als er waren zusammen und er dürfte sie finanziell ziemlich ausgenützt haben."

„Interessant. Ich hab eh für morgen ein Treffen mit der Reni vereinbart, bei dem auch seine Frau dabei sein wird. Da werd' ich mich ein bissel umhören und kann dir dann darüber berichten."

„Bitte, lass dich da nicht hineinziehen."

„Keine Sorge. Und pass auf dich auf, Lieber. Rosamunde werd' ich gut versorgen. Und melde dich."

„Das mach ich. Wenn alles passt, bin ich morgen wieder zurück. Alles Liebe."

19.

Rumpler war bereits mit dem Auto unterwegs, als er Moser anrief.

„Hallo, Stinker."

„Servus, Hans. Wie geht's?"

„Ich bin nach Kärnten unterwegs. Der Becker ist aufgetaucht, aber ich kann ihn telefonisch nicht erreichen. Er ist mit einer jungen Frau unterwegs, wahrscheinlich zu einem Jagdhaus, das seiner Schwester gehört, in der Nähe von Bleiburg in Kärnten."

„Hm. Und da fährst gleich hin?"

„Ich hab da ein ungutes Gefühl. Becker ist überstürzt mitten in der Nacht aufgebrochen. Max hat mich mit den Informationen über ihn und seine Schwester versorgt. Er hat auch herausgefunden, dass Becker in den letzten Tagen eine Gaspistole gekauft hat."

Moser seufzte. Zu oft schon hatte Rumpler mit seinen „unguten Gefühlen" Recht behalten.

„Ich glaub, ich red' am besten einmal mit den Kärntner Kollegen. Nur zur Sicherheit. Vielleicht brauchst du ja Hilfe. Kannst dich eh noch erinnern an den Raspotnig?"

Freilich erinnerte sich Rumpler. Und wie! Franz Raspotnig war ein Original, lebhaft, mit lustigen braunen Augen, die nie stillstanden, ein begnadeter Witzeerzähler, aber auch ein sehr guter Polizist, wie Rumpler anlässlich einer gemeinsamen Übung festgestellt hatte.

„Ja, klar. Der Raspotnig ist der richtige Mann fürs Praktische."

„Genau. Ich werd' ihn vorwarnen, dass du vielleicht vor Ort Unterstützung brauchst."

„Bestens. In Bruck an der Mur werd' ich tanken und bei der Gelegenheit schick ich dir meinen Standort übers Handy , damit du weißt, wo ich grad fahr. Das Jagdhaus ist in einer sehr entlegenen Gegend."

„Sei vorsichtig, Hans."
„Bin ich. Und weißt eh – Unkraut vergeht nicht."
Moser lachte und legte auf.

Etwa zwanzig Minuten nachdem Rumpler Bleiburg durchfahren hatte, machte ihn die Stimme seines Navigationssystems auf eine eingeschränkt befahrbare Strecke aufmerksam. Er bog auf einen Forstweg ein, der zwar etwas holprig, aber sonst ganz gut befahrbar war. Offensichtlich hatte es geregnet, auf dem Weg waren tiefe Pfützen. An einer Stelle des lehmigen Untergrunds hatten sich Autoreifen deutlich abgezeichnet. Rumpler hielt an, um sich die Profile genau zu besehen. Es waren zumindest zwei Fahrzeuge gewesen, die hier durchgefahren waren. Die Reifenbreiten unterschieden sich deutlich voneinander. Rumpler machte ein Foto der Abdrücke und fuhr vorsichtig weiter. Er war noch etwa einen Kilometer von seinem Ziel entfernt, als er die Möglichkeit sah, sein Auto unter einem überhängenden Strauch kaum sichtbar zu parken. Er tarnte seinen Wagen zusätzlich mit ein paar Zweigen, hängte sich seinen Rucksack um und brach auf. Der Weg verlief zunächst lange geradeaus und machte dann eine leichte Linkskurve. Kaum hatte Rumpler sie erreicht, als er in etwa hundert Meter Entfernung etwas glänzen sah. Er drückte sich seitwärts in die Büsche und arbeitete sich mit größter Vorsicht näher heran. Das Glänzen wurde vom verchromten Kühlergrill eines schwarzen Pickups mit verspiegelten Scheiben hervorgerufen. Ebenso behutsam wie er gekommen war zog er sich wieder ein Stück zurück und rief Moser an.
„Hallo, Stinker. Ich bin jetzt fast da. Es schaut ganz so aus, als ob der Becker schon Besuch hat. Ich hab einen schwarzen Pickup gesichtet, etwa dreihundert Meter vom Haus entfernt."
Er gab Moser das Kennzeichen durch.
„Verflucht. Und was machst jetzt?"
„Ich schalt mein Handy stumm und werds auf der Ladefläche vom Pickup verstecken, damit ihr ihn verorten könnt. Das mach ich natürlich nur, wenn keiner im Auto sitzt. Dann versuch ich,

in die Nähe vom Haus zu kommen, ohne dass mich wer sieht. Wenn der Becker mit seiner Freundin allein im Haus ist, geh ich rein. Wenn sie schon Besuch haben, bleib ich draußen, geh zum Pickup und ruf dich an, damit du die Kollegen herschickst."

„Aber wenn du reingehst, kann es für dich ja trotzdem brandgefährlich werden."

„Das stimmt schon, aber vielleicht blasen sie die Aktion ab, wenn sie sehen, dass sie es mit drei, statt mit zwei Personen zu tun haben. Oder es handelt sich überhaupt nur um einen. Das wär noch besser."

„Ich versteh schon, dass du die beiden nicht im Stich lassen willst. Ich hab eh schon den Raspotnig angerufen und ihm deinen Standort durchgegeben, damit er wen herschickt. Zur Sicherheit."

„Danke, Stinker. Es ist so weit. Ich platzier jetzt mein Handy."

„Aber sobald du beim Becker drin bist, meldest du dich von seinem Telefon."

Der sonst so abgebrühte Moser klang ernsthaft besorgt.

„Das mach ich."

„Alles Gute, Hans."

20.

Ein Blick auf das Display des Mobiltelefons genügte. Es war Slavko. Er wurde wohl ungeduldig.

„Der Becker ist mit der Arjeta noch immer im Haus. Kann ich jetzt endlich hinein?“

„Nein, noch nicht. Ich hab den Mirko verständigt, er kommt in ungefähr zwei Stunden zu dir.“

„Aber ich brauch ihn nicht. Ich kann das allein durchziehen. Mit den zwei werd' ich leicht fertig.“

Die Antwort kam kalt und deutlich,

„Du wartest bis der Mirko da ist. Dann geht ihr hinein, schnappt euch die zwei, ab ins Auto und über die Grenze. Der Mirko kennt sich dort gut aus und weiß, wo er sie hinbringen kann.“

„Lebend?“

„Schau, dass ihr gut über die Grenze kommt. Der Mirko kümmert sich dann um alles.“

„Ist ok. Ich wart auf den Mirko“.

21.

Die Auktion war vorbei. Knapp hundert Kunstwerke waren für den guten Zweck versteigert worden. Bei einem der Bilder, einer abstrakten Landschaft, hatte Alma eine Zeitlang mitgeboten, aber schließlich resigniert, als der Preis in lichte Höhen geklettert war. Reni hatte auch nichts gekauft, sondern nur die spannende Atmosphäre bei der Versteigerung genossen. Den einzigen Erfolg konnte Frau Dr. Rodriguez verbuchen, wenn es denn ein Erfolg war. Sie hatte ein hyperrealistisches Pferdeporträt mit ungewöhnlicher Perspektive erworben. Technisch war das Bild gekonnt gemacht, aber es machte auf Alma nicht den Eindruck, dass es spontan entstanden war. Vielleicht war es ja eines jener zahlreichen Bilder, die unter Zuhilfenahme eines Projektors entstanden, was aber von den meisten Kunstschaffenden schamhaft verschwiegen wurde. Für Alma fiel das Bild in die Kategorie „eindrucksvoller Kitsch“. Trotzdem freute sie sich, als sie die fast kindliche Freude von Frau Dr. Rodriguez über den Erwerb des Bildes sah.

„Ich hab’s! Ich hab’s wirklich bekommen. Das müssen wir unbedingt feiern. Ich lad euch in eine Bar in der Nähe ein.“

Reni hatte nichts dagegen und auch Alma, auf die zu Hause nur Rosamunde wartete, weil Rumpler noch in Kärnten war, schloss sich an. Die Bar war eher klein und gemütlich. Frau Dr. Rodriguez, die offensichtlich öfter hier war, wurde gleich in eine ruhige Ecke gelotst. Sie bestellte eine Flasche Champagner.

„Jetzt müssen wir aber alle per du sein, sonst wird das nichts. Ich bin die Isi. Eigentlich heiß ich ja Isabella, aber das klingt so alt.“

Sie kicherte mädchenhaft. Alma hielt ihr höflich lächelnd ihr Glas entgegen,

„ich bin die Alma.“

Die Damen ließen die Gläser klingen. Alma blickte kurz auf

das ziemlich große Bild, das notdürftig verpackt in einer Ecke stand und wandte sich an Isabella,

„du bist so pferdebegeistert, Isi. Bist du vielleicht Reiterin?“

„Ja, nach langer Zeit endlich wieder. Als Kind bin ich viel geritten, aber dann länger nicht mehr. Bis der Alfonso in mein Leben getreten ist.“

Sie sah die beiden strahlend an,

„er hat mich ermutigt, wieder zu reiten. Ohne ihn hätt ich mich das sicher nicht getraut. Und stellt euch vor, er hat mir sogar ein Pferd geschenkt, einen wunderschönen, temperamentvollen Wallach. Ich hab ihn auf dem Raspergut eingestellt.“

Reni, die über die finanziellen Verhältnisse im Hause Rodriguez ziemlich genau Bescheid wusste, warf Alma einen kurzen Blick zu, die sofort verstand. Das „Geschenk“ war von der Beschenkten selbst finanziert worden. Das Raspergut war Alma ein Begriff – ein vor etwa zehn Jahren gegründeter Reitstall, der um sehr gutes Geld den illustren Einstellerinnen – es waren vorwiegend Damen – alles bot, was sie sich für ihre vierbeinigen Lieblinge nur wünschen konnten. Alma war dort gewesen, als ihre Tochter Sonja an einem Dressurturnier teilgenommen hatte.

Die nächste halbe Stunde widmete Isabella ausschließlich ihrem Mann. Er war so fürsorglich und romantisch, dabei aber auch unglaublich männlich – sie kicherte mehrmals, als sie ihn ihren „latin lover“ nannte. Schließlich fragte sie Alma, ob sie einen Partner habe, wie alt er sei und was er beruflich mache. Als sie von Rumplers ehemaliger Profession erfuhr, schien sie kurz interessiert. Almas Information bezüglich seines Alters trug ihr einen mitleidigen Blick von Isabella ein, die aber gleich wieder auf ihren Alfonso zu sprechen kam. Er hätte unglaublich viel im Bereich der Wissenschaft geleistet, international beachtete Vorträge gehalten und wichtige, ja geradezu bahnbrechende Artikel mit neuen Erkenntnissen zur Demenz geschrieben. Es gäbe natürlich auch einige Neider, kein Wunder, wenn einer so schön und auch noch gescheit war. Zwei andere Ärzte hätten ihn unlängst anschwärzen wollen und sich über ihn beschwert. Da

seien sie aber bei ihr an die Richtige gekommen.

Isabellas Monolog gab Alma die Gelegenheit, sie genau zu studieren. Isabella hatte dunkles, beinahe schwarzes, sehr gepflegtes Haar, das gekonnt gefärbt war. Ihre blaugrauen Augen waren unnatürlich weit geöffnet und machten auf Alma in Kombination mit dem angestrengt lächelnden Mund den Eindruck einer bemühten, eingefrorenen Pose. Alma fühlte sich in unangenehmer Weise an die zahlreichen schauerlichen Werbeprospekte erinnert, auf denen vorwiegend Frauen ihre Gesichter zu einem so genannten strahlenden Lächeln verzerrten. Der Begriff „armes Kind" fiel ihr ein, eigentlich absurd in Anbetracht von Isabellas Reichtum, aber für Alma war es doch irgendwie zutreffend.

Isabellas sehr teure Kleidung war hauptsächlich in den Farben Lila – Rosa gehalten, ergänzt durch einen grün schillernden Brokat. Das Makeup war bewusst jugendlich, ergänzt durch sehr lange, baumelnde Ohrgehänge. Ihre schwarz-samtenen Schuhe hatte sie – wohl wegen der unbequemen hohen Absätze – sofort ungeniert ausgezogen.

Isabella hatte sich bereits zweimal nachschenken lassen, während Alma und Reni noch das erste Glas halbvoll vor sich hatten. Sie blickte die beiden bedeutungsvoll an,

„Mädels, ich muss euch jetzt erzählen, was mir vor zwei Wochen passiert ist. Ich hab einen Reitunfall gehabt. Dabei hab ich noch Glück gehabt, weil das hätt' ganz bös ausgehen können. Die Steigbügelriemen waren nicht richtig eingehängt und ich bin beim Galoppieren gestürzt. Der Alfonso war zum Glück gleich da und hat mich so lieb versorgt. Der verantwortliche Stallbursch hat behauptet, er hätt alles genau überprüft, aber das stimmt natürlich nicht. Der Alfonso hat sich bei der Leitung des Reitstalls furchtbar aufgeregt und hat darauf bestanden, dass er entlassen wird. Und stellt euch vor, nur knapp eine Woche später bin ich auf der Kellerstiege ausgerutscht und hingefallen. Die Putzfrau, dieser Trampel, war an diesem Tag da und hat offensichtlich Schmierseife auf die Stiege gepatzt und nicht ordentlich aufgewischt. Damit sich der Alfonso wieder beruhigt,

hab ich sie gleich hinausgeschmissen. Erst wollt sie mir frech kommen, dass sie das nicht war, aber sie hat ja keine Papiere und als ich ihr mit der Fremdenpolizei gedroht hab, hat sie klein beigegeben und ist verschwunden. Aber schon komisch, so ein Gesetz der Serie. Ich hoff, das wars jetzt und es passiert nicht noch was Schlimmes."

Während Almas Gedanken noch bei den Unglücksfällen und den beiden Entlassenen verweilten, mahnte Reni zum Aufbruch, weil sie für den nächsten Tag viel vorhatte. Alma nutzte die Gelegenheit und schloss sich an. Die letzten Stunden hatten sie angestrengt und sie war froh, mit Reni ungestört ein paar Worte wechseln zu können.

„Puh! Das war ganz schön dicht."

Reni lachte,

„das stimmt. Die Isi ist so von ihrem Mann begeistert, dass es nur schwer auszuhalten ist."

„Um wieviel Jahre ist sie eigentlich älter als er?"

„Sie sind zehn oder elf Jahre auseinander."

„Du kennst ihn ja persönlich. Ist er nett?"

Reni blickte sie voll an,

„er schaut ja wirklich gut aus, aber nach meiner Einschätzung ist er ein arroganter Schnösel, der sie schamlos ausnutzt. Ich hab eh versucht, sie in dieser Hinsicht zu warnen, aber keine Chance. Ich glaub, er ist ein Blender, der finanziell völlig von ihr abhängig ist."

Mittlerweile waren sie bei Renis Wohnhaus eingelangt. Alma rief ein Taxi, verabschiedete sich von ihrer Freundin und ließ sich auf der Heimfahrt alles durch den Kopf gehen, was sie über Dr. Rodriguez erfahren hatte. Vieles davon gefiel ihr nicht und sie hätte sich gerne mit Rumpler darüber ausgetauscht.

22.

Rumpler arbeitete sich mit größter Vorsicht zum Pickup vor. Erst nach einer Beobachtungsphase von etwa fünf Minuten war er sicher, dass niemand im Auto oder in dessen Nähe war. Er konnte es wagen, die nur schlampig verschlossene Plane über der Ladefläche ein wenig zu lüpfen. Darunter lagen einige zusammengeknüllte Säcke, Spanngurte, eine dicke Gummimatte. Sie schien für seinen Zweck geeignet. Er hob sie an und deponierte sein stumm geschaltetes Mobiltelefon darunter. Es war so flach, dass die leichte Wölbung überhaupt nicht auffiel.

Jetzt kam der schwierigere Teil seiner Mission. Er musste so nahe ans Haus heran, dass er feststellen konnte, ob Becker und seine Freundin allein waren oder vielleicht schon in der Gewalt ihrer Verfolger, falls es denn mehrere waren. In diesem Fall würde er sich vorsichtig zurückziehen, sein Handy aus dem Pickup holen und Moser anrufen, um ihn über die Lage zu informieren.

Die Annäherung ans Haus war langwierig. Rumpler mied den Forstweg, der zum Haus führte und nutzte die Deckung, die ihm der Fichtenwald bot. Er musste jederzeit damit rechnen, entdeckt zu werden.

Ein versteckter Beobachter des Hauses würde nach aller Wahrscheinlichkeit die Eingangstür überwachen. Rumpler näherte sich dem Haus daher von der linken hinteren Seite, die zu seinem Bedauern gänzlich fensterlos war. Er verharrte für einige Minuten regungslos, bis ihm der Zufall zu Hilfe kam. Rumpler hörte, wie eine Tür geöffnet wurde, sah schräg von hinten einen Mann, der ‚bin gleich wieder da' rief und rasch ein winziges Holzhäuschen im Hof ansteuerte, offenbar ein so genanntes „Plumpsklo". Becker und Arjeta waren somit ziemlich sicher allein im Haus, das aber mit großer Wahrscheinlichkeit beobachtet wurde. Rumpler beschloss, bei Beckers Rückkehr überraschend aufzutauchen, um möglichst rasch mit ihm gemeinsam ins Haus

zu gelangen.

Jetzt. Die Tür der Holzhütte knarrte, Becker ging mit schnellen Schritten auf das Haus zu, als plötzlich, wie aus der dünnen Luft, Rumpler vor ihm auftauchte.

„Herr Becker?“

Becker zuckte gehörig zusammen, hatte sich aber gleich wieder gefangen und zog eine gefährlich aussehende Pistole aus der Tasche, die er mit leicht zitternder Hand auf Rumpler richtete.

„Bleiben Sie stehen. Wer sind Sie?“

Aus dem Augenwinkel heraus beobachtete Rumpler angespannt die Umgebung, konnte aber keine Veränderung wahrnehmen.

„Mein Name ist Rumpler, Johann Rumpler.“

Becker ließ die Waffe sinken und schüttelte ungläubig den Kopf.

„Sie sind das? Das gibt's ja gar nicht. Kommen Sie herein.“

Im Vorraum angekommen atmete Rumpler auf und versperrte sofort die Eingangstür.

„Herr Becker, ich muss Sie warnen. Ich glaube, das Haus wird beobachtet. Ich hab in der Nähe einen schwarzen Pickup gesehen, der aber unbesetzt war.“

„Verdammt. Das hab ich gefürchtet. Kommen Sie. Wir müssen reden.“

„Ja. Aber vorher muss ich meinen Kollegen von der Kripo verständigen, dass ich jetzt im Haus bin. Könnten Sie mir bitte Ihr Handy borgen?“

Becker blickte misstrauisch auf,

„und wieso nehmen Sie nicht Ihr eigenes Handy? Ist der Akku leer?“

„Nein. Mein Handy hab ich auf der Ladefläche des Pickup versteckt und den Kollegen den Standort geschickt. Damit können sie den Pickup jederzeit orten, falls jemand damit wegfährt.“

„Ich versteh.“

Sie standen noch immer im Windfang. Während Becker ihm das Mobiltelefon reichte, erschien in der Tür zur Stube eine

dunkelhaarige junge Frau mit großen besorgt blickenden Augen. Rumpler wollte sich vorstellen, nickte ihr aber dann nur zu, weil sich Moser meldete. Wie gewohnt kurz angebunden,

„Moser."

„Hallo, Stinker. Ich bin jetzt im Jagdhaus. Die beiden sind bei mir. Ich bin ziemlich sicher, dass ich beim Reingehen beobachtet worden bin."

Moser atmete hörbar auf.

„Gut, dass du drin bist und dir nichts passiert ist. Beim Standort vom Pickup gibt's bisher keine Veränderung."

„Ok, danke. Bitte ruf mich auf der Nummer vom Becker an, wenn sich was tut. Siehst du sie am Display?"

„Ja, ich hab sie schon gespeichert. Die Kollegen sind übrigens nur mehr eine schwache Stunde von Jagdhaus entfernt. Bis dahin müsst ihr noch durchhalten."

„Ist klar. Ich hätt noch eine Bitte. Ruf bitte Alma an und sag ihr, dass es mir gut geht, dass ich aber bis auf weiteres nicht erreichbar bin."

„Mach ich. Bis bald."

Rumpler legte auf und wandte sich Becker und seiner Freundin zu,

„Das war ein Ex-Kollege von der Kripo. Zwei Kärntner Kollegen sind mit dem Auto hierher unterwegs. Sie haben auch die Standortdaten vom Pickup und können ihm folgen, falls er verschwinden sollte."

23.

„Was ist los? Du weißt doch, dass du mich nur in Notfällen anrufen sollst."

„Das ist ein Notfall. Beim Haus ist plötzlich einer aufgetaucht und mit dem Becker hineingegangen."

„Wieso war der Becker draußen?"

„War am Klo. Hat wahrscheinlich Schiss gehabt."

Das Lachen über den eigenen Witz blieb ihm im Hals stecken.

„Lach nicht so blöd. Du hast alles versemmelt."

„Ich hab wirklich gut aufgepasst."

„Und dann ist da einer plötzlich aufgetaucht? Du bist dort zur Überwachung und musst doch sehen, dass da wer kommt."

„Ich weiß auch nicht, wie das möglich ist. Er war plötzlich da. Aber er ist nur ein älterer Mann, so zwischen sechzig und siebzig. Mit dem werd' ich leicht fertig."

„Idiot. Wenn der dort auftaucht, dass ist das sicher kein Zufall. Wahrscheinlich dauert es nicht mehr lang und du hast die Polizei am Hals. Wir brechen die Aktion ab. Rückzug, sofort."

„Soll ich nicht wenigstens auf den Mirko warten?"

Die Erwiderung kam in gefährlich leisem Ton,

„du verschwindest. Jetzt."

24.

Rumpler folgte Becker in die Stube, ging zu den zwei kleinen Fenstern und zog die Vorhänge zu. Vorher hatte er die Türklinke der Eingangstür mittels einer Kommode sowie einiger Bücher fest verkeilt. Arjetas Augen folgten ihm besorgt. Plötzlich vermeinte er ein Motorengeräusch zu hören. Becker verstand sofort, was er wollte und schob ihm sein Handy hin. Rumpler drückte die Wahlwiederholung.

„Stinker, wenn ich das richtig gehört hab, ist grad ein Auto weggefahren."

„Gib mir eine Minute. Ich schau mir das gleich an."

Rumpler wartete angespannt.

„Ja, das Signal bewegt sich vom Jagdhaus weg. Bleibts aber trotzdem zur Sicherheit drinnen. Vielleicht ist noch wer da."

„Eh klar."

„Wenn sich bei euch was tut, ruf mich an. Ich halt euch von Zeit zu Zeit am Laufenden, wo der Pickup grad ist."

„Danke, Stinker. Bis später."

Becker nahm sein Mobiltelefon entgegen und blickte Rumpler an.

„Sie werden es nicht glauben, aber ich soll Ihnen etwas ausrichten."

Rumpler blickte auf,

„Interessant. Von Paul Schulz vielleicht?"

Becker war fassungslos.

„Ja, genau. Aber wie Sie das wissen können, ist mir ein Rätsel."

„Ich hab von Schulz einen verschlüsselten Hilferuf aus der Klinik bekommen."

„Ich versteh. Schulz hat mir knapp vor meinem Rauswurf aus der Klinik was ganz Komisches gesagt. ‚Sagen Sie dem Rumpler, dass der Sack gerissen ist. Es war kein Zufall.'"

Während Rumpler über diese seltsame Nachricht nachdachte, nahm er aus dem Augenwinkel bei Arjeta eine minimale unwillkürliche Bewegung, wie zur Abwehr von etwas Unangenehmem, wahr.

„Das hat er gesagt? Sind Sie sicher, dass es nicht vielleicht etwas anderes war und er nur undeutlich gesprochen hat?"

„Nein, seine Stimme war zwar schwach, aber gut verständlich, da gibt es für mich überhaupt keinen Zweifel"

Das passte zu der Information über Schulz, die ihm die Psychotherapeutin, Maria Valsky, gegeben hatte. Auch sie hatte die ungewöhnlich deutliche Aussprache von Schulz erwähnt.

„Interessant."

Rumpler wandte sich Arjeta zu,

„Entschuldigen Sie bitte, aber ich hab den Eindruck, dass Sie vorhin etwas irritiert hat."

Sie sah verschreckt in Richtung von Becker, der ihr aber ermutigend zunickte,

„keine Sorge. Du kannst dem Herrn Rumpler vertrauen."

Sie atmete durch,

„ich glaub ich weiß, was mit dem gerissenen Sack gemeint ist."

Becker blickte verblüfft auf. Rumplers Aufmerksamkeit stieg schlagartig an, ohne dass ihm äußerlich eine Veränderung anzumerken war,

„erzählen Sie!"

Und sie erzählte, zunächst etwas stockend, von ihrer Ankunft ohne Papiere in Wien, wie ihr auf dem Bahnhof ein Mann Arbeit versprochen habe, sie im Auto mitgenommen habe und sie sich plötzlich in einem finsteren Hinterhof wiedergefunden habe.

„Ich hab furchtbare Angst gehabt. Der Fahrer hat mich aus dem Auto gestoßen und allein zurückgelassen. Dann war da ein anderer Mann, der mich gepackt hat. Er wollte mich …"

Sie begann heftig zu schluchzen. Becker wandte sich an Rumpler,

„hören Sie doch mit der Fragerei auf. Sie sehen ja, wie sie sich

aufregt."

Arjeta hatte sich wieder etwas gefasst, schniefte und bedankte sich für das Taschentuch, das ihr Rumpler reichte,

„nein, es passt schon. Ich will alles erzählen. Der Mann hat mich auf den Boden geworfen und mein Kleid heruntergerissen. Und dann ist plötzlich eine Frau gekommen, Vesna, meine spätere Chefin. Sie hat überhaupt keine Angst vor ihm gehabt, hat mit einer Pistole auf ihn gezielt und geschrien, er soll verschwinden. Er ist davongerannt und sie hat mich mitgenommen und war ganz gut zu mir. Sie hat gesagt, wenn ich mit alten Leuten arbeiten will, hat sie was für mich. Ich hab Deutschkurse besucht, sie hat mir eine kleine Wohnung besorgt und mir Geld zum Leben gegeben. Ich war ihr so dankbar. Nach ein paar Monaten hat sie mir dann erklärt, was sie von mir will. Sie hat mir gezeigt, wie sie einen reichen alten Mann kennengelernt hat. Es hat wie ein Zufall ausgeschaut. Damit das gut klappt, ist sie mit einem vollen Einkaufsack auf ihn zugegangen. Der Sack war aber vorbereitet, damit er unten durchreißt. Das Obst, das im Sack war, ist auf den Gehsteig gerollt, absichtlich. Er war sehr nett und hat ihr gleich geholfen, alles wieder einzusammeln. Die Chefin hat ganz verzweifelt getan und geweint. Er hat sie dann zu sich nach Hause eingeladen, auf einen Kaffee. So hat alles begonnen. Sie hat mich dann genau so mit dem Sack üben lassen, damit ich es später auch so machen soll wie sie."

Beckers Telefon läutete. Rumpler blickte kurz auf Display und griff danach,

„hallo, Alois. Bei uns ist bisher alles ok."

„Hallo, Hans. Bei uns leider nicht. Wir haben den Pickup offensichtlich verloren, ein größeres Funkloch. Die Kollegen sind aber auf insgesamt drei Straßen verteilt im Einsatz. Wenn er wieder auftaucht, werden sie ihn sicher erwischen. Mit Alma hab ich übrigens auch gesprochen, sie lässt dich grüßen und du sollst auf dich aufpassen."

„Danke. Bitte melde dich, wenn sich etwas Neues ergibt."

„Klar, mach ich."

Rumpler wandte sich wieder Arjeta zu,

„Entschuldigen Sie bitte. Wie ist es dann weitergegangen?“

„Sie hat bei ihm geputzt und auch für ihn gekocht. Nach ein paar Wochen ist die Chefin ganz bei ihm eingezogen und hat mich fürs Putzen und Kochen in sein Haus geholt. Als er dann krank geworden ist, hat sie ihn in eine Klinik gebracht. Ich war dort mit der Chefin bei Schulz zu Besuch und da hab ich den Robert getroffen.

Die Chefin hat dann verlangt, dass ich so wie sie einen alten Mann kennenlernen muss, wieder mit dem Sack. Ich hab ihr gesagt, dass ich das nicht machen will, weil es böse ist. Sie hat mir geantwortet, dass das meine Entscheidung ist, aber dass sie mich dann auch nicht mehr schützen kann und dass ich aus meiner Wohnung herausmuss. Ich hab nicht gewusst, was ich tun soll und ich hab dem Robert einen Zettel mit meiner Telefonnummer gegeben ….“,sie lächelte Becker zu „…und er hat mir gleich geholfen.“

25.

Alois Moser wartete ungeduldig. Endlich. Der schrille Klingelton, der erhoffte Name ‚Raspotnig' am Display.

„Servus, Franz. Was tut sich bei euch?"

„Hallo, Alois. Wir haben ihn wieder am Radar. Er will offensichtlich auf einem kleinen Grenzübergang nach Slowenien hinüber. Die Kollegen sind vor einer Viertelstunde mit der Straßensperre fertig geworden. Dort kommt er sicher nicht aus, weil da sind sehr enge Kurven, auf der einen Seite steigt der Berg steil an und auf der anderen geht es circa fünfzig Meter fast senkrecht hinunter. Aber wart kurz – ich krieg grad eine Nachricht herein."

Nach einigen Minuten meldete sich Raspotnig wieder,

„da ist was schiefgegangen."

„Ist er entkommen?"

„Nein. Aber es hat einen Unfall gegeben."

„Ist den Kollegen was passiert?"

„Nein. Sie waren zum Glück nicht im Auto, sondern haben seitlich in Deckung gewartet. Der Fahrer hat unseren Polizeiwagen gerammt, ist aber dabei von der Straße abgekommen und den Berg hinuntergestürzt. Er ist entweder schwer verletzt oder tot."

„Ich versteh. Gib mir Bescheid, wenn sich wer zu ihm abgeseilt hat und ihr Näheres wisst."

„Das kann nicht lang dauern. Einer der Kollegen vor Ort, der Helmut Zablatnig, ist ein erfahrener Bergsteiger und er hat seine Ausrüstung immer mit dabei."

„Ok, danke. Bis gleich."

Moser legte auf. Nach etwa einer halben Stunde meldete sich Raspotnig noch ein Mal.

„Alois, der Mann ist tot. Papiere hat er keine dabeigehabt. Sein Mobiltelefon haben wir nicht gefunden. Wir checken jetzt seine Fingerabdrücke und geben dir Bescheid. Noch was – sie haben

das Telefon vom Rumpler gefunden. Ein reiner Zufall, total unwahrscheinlich, es ist aus dem Auto geschleudert worden und irgendwo hängengeblieben. Und es funktioniert sogar noch.“

„Na, wenigstens etwas. Danke für eure Hilfe, Franz. Und schauts jetzt bitte noch beim Jagdhaus vorbei, ob es noch irgendwelche Spuren gibt und bringts dem Rumpler sein Handy.“

„Das machen wir.“

„Servus, Franz.“

„Pfiat di, Alois.“

„Hallo, Liebe. Schön dich zu hören. Ich bin wieder erreichbar.“

Ein Seufzer der Erleichterung.

„Geht es dir gut?“

„Ja, alles in Ordnung. Ich bin schon auf der Heimfahrt.“

„Gott sei Dank. Kannst mir erzählen, was los war?“

„Das ist eine längere Geschichte. Ich erzähl dir alles, wenn ich zu Haus bin.“

„Dann wünsch ich dir eine gute Fahrt.“

„Ich freu mich auf dich.“

„Ich richt uns einen schönen Rotwein her und eine Kleinigkeit zum Essen und dann feiern wir ein bisschen.“

„Du bist ein Schatz.“

Rumpler genoss nach dem überstandenen Stress die zügige Fahrt auf der Autobahn. Knapp, nachdem er Bruck an der Mur passiert hatte, erreichte ihn ein Anruf von Moser.

„Hallo, Stinker.“

„Servus, Hans. Du fährst sicher noch. Ich erzähl dir, was die Kollegen in Sachen der unbekannten Frau herausgefunden haben. Sie heißt Vesna Kostic, siebenunddreißig Jahre alt, serbische Staatsbürgerin, abgebrochenes mehrjähriges Jus-Studium, hat ein paar Jahre als Edelprostituierte gearbeitet. Keine Vorstrafen. Sie hat auf Basis einer umfassenden Vollmacht von Paul Schulz seine Überstellung in die Demenzklinik veranlasst und hat auch sein Haus verkauft.“

„Wie ist sie zu der Vollmacht gekommen?“

„Sie waren bei einem Gutachter, der bestätigt hat, dass sich bei Paul Schulz zwar gewisse Anzeichen einer drohenden Demenz gezeigt haben, er aber noch voll geschäftsfähig war. Auf Basis dieses Gutachtens ist dann auf den ausdrücklichen Wunsch von Schulz bei einem Notar die Vollmacht ausgestellt worden.“

„Ich versteh. Was hat sie mit dem Geld aus dem Hausverkauf gemacht?“

„Jetzt wird's interessant. Pass auf! Sie hat überhaupt nichts davon für sich beansprucht, sondern alles an eine Stiftung für Demenzkranke übertragen.“

„Ist sie vielleicht im Stiftungsrat und hat dadurch einen Einfluss auf die Verwendung des Geldes?“

„Nein, aber der Vorsitzende des Stiftungsrats ist kein anderer als unser Dr. Rodriguez.“

„Spannend. Becker hat mir heute erzählt, dass er einmal beobachtet hat, wie die Kostic den famosen Doktor leidenschaftlich umarmt und geküsst hat. Er hat sich offensichtlich nicht geändert.“

„Wie meinst du das?“

„Max hat herausgefunden, dass er schon zweimal mit vermögenden Frauen, die älter waren als er, verheiratet war und daneben aber immer auch Freundinnen gehabt hat.“

„Schlimm für seine Frau.“

„Die hat keine Ahnung von seinem Doppelleben und vergöttert ihn.“

„Doppelt schlimm für sie.“

„Das stimmt. Aber in unserer Sache kommen wir trotz der vielen Informationen einfach nicht weiter. Es hat nur den verschlüsselten Hilferuf gegeben, aber kein Verbrechen oder wir können jedenfalls keines nachweisen. Die ganze Causa stinkt von vorne bis hinten, der Gutachter könnte bestochen worden sein, aber das wird kaum zu beweisen sein, die Verdächtige ist nicht Nutznießerin des Kapitals aus dem Hausverkauf, sondern sogar eine Wohltäterin der Demenzkranken, gegen die Stiftung liegt sicher

nichts vor, die erhöhte Dosierung von Medikamenten bei Paul Schulz ist zwar auffällig, aber medizinisch gerade noch vertretbar, die entsprechenden Beweise wurden von meinem Religionslehrer illegal herbeigeschafft. Der verdächtige Fahrer des Pickups ist beim Versuch, die Polizeisperre zu durchbrechen, tödlich verunglückt, also kommen wir über ihn auch nicht an Informationen."

„Vielleicht können wir nachweisen, dass das nicht der einzige Fall dieser Art war. Falls Gewerbsmäßigkeit vorliegt, hätten wir eine Chance vor Gericht."

„Einen Versuch ist es auf jeden Fall wert. Das bin ich dem Schulz schuldig. Ich glaub, dafür brauch ich den Max oder die Sonja."

„Davon will ich lieber gar nichts wissen. Für die Polizei ist das alles bisher eine zu dünne Suppe. Aber falls du was erfährst, sag's mir."

„Eh klar. Ich wünsch dir einen schönen Abend."

„Danke, ich dir auch. Und gute Fahrt noch."

26.

Rumpler war froh, wieder bei Alma zu sein.

„Das riecht ja großartig, Liebe. Was hast du denn gekocht?“

„Ein Chili con Carne. Richtig scharf.“

Rumpler strahlte,

„vielen Dank. Ich hab eh einen Bärenhunger.“

Alma ging zum Kühlschrank,

„ich hab dir ein Bier eingekühlt, ein Budweiser.“

„Du bist ein Schatz.“

Nach dem Essen schenkte Alma zwei Gläser Rotwein ein und zog ihn zu sich auf die Couch. Sie stießen an und genossen den ersten Schluck.

„Ich bin so froh, dass du wieder gut zurück bist, Lieber. War es gefährlich für dich?“

Er richtete sich auf und überlegte kurz,

„ich weiß es nicht. Aber ja, ich glaub schon.“

Es war ihm bewusst, wie seltsam seine Antwort auf Alma wirken musste, aber als er sie ansah, war ihm sofort klar, dass sie ihn gut verstand. Nachdem er ihr seine Kärntner Erlebnisse erzählt hatte, berichtete sie ihm von der Auktion und von der erstaunlichen Serie von Unglücksfällen, die Isabella zugestoßen waren. Rumpler kratzte sich am Kinn,

„das gefällt mir nicht. Es können ja wirklich Zufälligkeiten gewesen sein, aber dieser Dr. Rodriguez hat eine etwas dubiose Vorgeschichte. Es könnte auch sein, dass er seine Finger dabei im Spiel gehabt hat. Glaubst du, dass es möglich ist, Isabella irgendwie zu warnen, damit sie ihm gegenüber vorsichtig ist?“

„Nein, das ist aus meiner Sicht völlig ausgeschlossen. Sie ist so in ihn vernarrt, dass sie alles in dieser Richtung zurückweisen würde.“

„Schade. Ich habs aber ohnedies vermutet.“

Rosamunde, die sich bei seiner Rückkehr zunächst gar nicht

so begeistert gezeigt hatte, sprang auf die Couch und machte es sich auf seinem Schoß gemütlich. Mit seiner Linken massierte er ihr ganz zart die Ohrspitzen, in der Handfläche seiner Rechten gingen Almas sensible Finger auf Entdeckungsreise. Er fühlte wunschloses Glück.

Vielleicht lag es an dem späten Essen, vielleicht auch an der zweiten Portion, die sich Rumpler vom vorzüglichen Chili gegönnt hatte. Er schlief unruhiger als sonst und wachte auch einmal auf. Er lauschte auf Almas vertraute Atemzüge und fiel dann in jenen seltsamen Zustand, in dem man vermeint, zu wachen, in Wirklichkeit aber schon träumt. Rumpler war plötzlich wieder in seinen Dreißigern, ein ambitionierter junger Kriminalist, und er hatte einen Termin bei seinem obersten Chef, einem gewissen Dr. Roschansky. Er kam Rumpler mit seinen etwa sechzig Jahren ungeheuer alt vor, was noch dadurch verstärkt wurde, dass er sich mit Vergnügen jener altertümlichen Sprechweise bediente, die als „Schönbrunnerdeutsch" bezeichnet wird. Rumplers unmittelbarer Vorgesetzter war krank geworden und so war es Rumpler zugefallen, Dr. Roschansky über den aktuellen Ermittlungsstand in einem mutmaßlichen Mordfall zu berichten, in dem es jede Menge Verdachtsmomente und Indizien gab, aber trotz aller Bemühungen keinen handfesten Beweis.

Dr. Roschansky saß hinter seinem mächtigen Schreibtisch, rundlich, kahlköpfig, wie immer tadellos gekleidet. Er trug ausschließlich Maßanzüge aus den besten englischen Stoffen. So liebenswürdig und verbindlich Roschansky war, so grantig und misstrauisch war sein Hund, ein Boxer, der nach allem schnappte, was sich ihm bot. Roschansky liebte diesen Hund sehr. Er hatte ihm sogar einen dienstlichen Rang verliehen und nannte ihn daher den Hofrat. Das war aber noch nicht alles. Mit den Jahren ließ Roschansky den Hofrat karrieremäßig avancieren und beförderte ihn unter anderem zum vortragenden und auch zum inspizierenden Hofrat. Eigentlich durfte der Hofrat nicht ins Amt mitkommen, aber gelegentlich war das doch der Fall,

was dazu führte, dass alle, die zu Roschansky mussten, sich nur mit größter Vorsicht näherten, um nicht wegen der üblen Laune des Hofrats ein Stück Hose einzubüßen. Oder noch mehr. Als Roschansky Rumpler sah, winkte er ihn zu sich,

„kommen S' her, Rumpler, ich steh lieber nicht auf, weil ich heut ein bissel kreuzmarod bin. Der Hofrat ist eh nicht da."

Dr. Roschansky gab ihm die Hand.

„Nehmen S' doch bitte Platz. Einen Kaffee?"

„Sehr gerne, vielen Dank."

Bis zum Einlangen des Kaffees drehte sich das Gespräch um das gut besuchte Vogelhaus, das Dr. Roschansky entgegen allen behördlichen Vorschriften vor seinem Fenster hatte anbringen lassen. Dank seiner großzügigen Futtergaben war es ein beliebter Treffpunkt von Meisen, Kleibern, gelegentlich auch Finken.

Die Sekretärin brachte den Kaffee.

„Na, alsdann. Danke, meine Liebe."

Rumpler wollte mit seinem Bericht schon loslegen, aber sein Chef hob kurz die Hand und gab sich zunächst schweigend dem Kaffeegenuss hin.

„So viel Zeit muss sein, sonst tut uns der Kaffee nicht gut. Und jetzt erzählen S' mir einmal, was sich in der komischen Gschicht mit dem Pfisterer tut."

Pfisterer war der Name des mutmaßlichen Mordopfers. Er war durch eine Überdosis von Medikamenten ums Leben gekommen. Es gab ein plausibles Motiv. Als mutmaßlichen Täter hatte die Polizei Pfisterers Stiefsohn im Visier. Rumpler berichtete, legte den Sachverhalt dar, erläuterte die Verdachtsmomente und listete akribisch die eindrucksvolle Fülle an Indizien auf. Als er geendet hatte, richtete sich Dr. Roschansky ein wenig auf.

„Und? War er's?"

„Ja. Da bin ich sicher."

„Werden wir ihn kriegen?"

Rumpler zögerte mit seiner Antwort und Roschansky fuhr fort,

„also nicht. Die Untersuchung zieht sich eh schon wie ein Strudelteig. Dann stell ma halt die Untersuchung ein."

„Aber das geht doch nicht. Wir müssen ihn irgendwie erwischen. Ich bin sicher, er ist ein Mörder.“

Dr. Roschansky sah ihn lange an,

„schaun S’, Rumpler, ich versteh Sie ja sehr gut. Sie haben natürlich recht, aber Sie werden sehen, das macht nichts.“

Während Rumpler noch versuchte, diesen ungeheuerlichen Satz zu verdauen, drehte sich Dr. Roschansky um, entnahm einem Aktenschrank hinter ihm einen dicken Ordner und zeigte darauf,

„schaun S’, Rumpler, da stecken alle meine Mörder drin, die, die wir nicht erwischt haben. Wenn wir uns mit denen verzetteln, erwischen wir womöglich überhaupt keinen mehr. Also sind S’ nicht ridikül, Rumpler, und lassen S’ die G’schicht sein. Der Eberhard versteht das. Sagen S’ ihm, der Fall landet in meinem blauen Ordner.“

„Ich werd es ihm ausrichten.“

Rumplers Gesicht hatte sich versteinert. Dr. Roschansky spürte deutlich seine Desillusionierung,

„und sind S’ nicht desperat, Rumpler. Sie sind noch jung und sehr tüchtig im Zupacken, aber das müssen S’ halt auch noch lernen, das Loslassen. Ich zeig Ihnen jetzt, wie das geht.“

Dr. Roschansky öffnete das Fenster, schwang ungeachtet seiner Rückenschmerzen die Beine ohne erkennbare Mühe über das Fensterbrett und flog davon. Kalte Luft strömte ins Zimmer.

Rumpler erwachte. Alma stand am Fenster, sie hatte eben gelüftet und lächelte ihm zu.

27.

Für Rumpler war klar, dass er an diesem Morgen ins Sperl musste. Dafür gab es zwei gute Gründe. Er hatte etwas zu feiern und es gab etwas zum Nachdenken. Feiern wollte er seine gute Wiederkehr von seinem Kärntner Ausflug, der wohl mit erheblichen Gefahren verbunden gewesen war, nachdenken wollte er über seinen Fall sowie den seltsamen Traum, der in ihm noch immer nachklang. Das Wetter war schön, warm, aber nicht zu heiß, es war windstill, also machte er noch vor dem Kaffeehausbesuch einen Spaziergang im Volksgarten. Nahe dem Grillparzer-Denkmal lag das ehemalige Cortische Café, wo Johann Strauß zum ersten Mal die Orchesterfassung des Donauwalzers dirigiert hatte. Ein österreichisches Schicksal, dachte Rumpler, hier in Wien war der Erfolg zunächst nur mäßig gewesen, aber auf der Weltausstellung in Paris, die im selben Jahr 1867 stattfand, war das Werk ungeheuer populär geworden. Erstaunlich auch, dass gerade in diesem Jahr die Komponisten insgesamt sehr produktiv waren, obwohl eigentlich die für Österreich fatale Schlacht bei Königgrätz nur ein Jahr zurücklag und man daher in der K & K Monarchie eher eine gedrückte, depressive Stimmung hätte erwarten können. Aber, dachte Rumpler weiter, sogar Niederlagen haben manchmal ihr Gutes, und das galt ganz speziell für seinen geliebten Volksgarten. Er hätte gemäß den von Kaiser Franz Josef bereits genehmigten Plänen einem riesigen Gebäudeflügel im Rahmen des so genannten Kaiserforums weichen müssen, ein schauerlich-pompöses Projekt und eine fürchterliche Vorstellung für Rumpler, aber nach dem ersten Weltkrieg und mit der Auflösung der Österreichisch-Ungarischen Monarchie war dieser Plan natürlich vom Tisch. Ein Glücksfall, der einem Unglücksfall zu verdanken war.

Mit diesem erbaulichen Gedanken betrat er das Sperl, ließ seinen Blick kurz schweifen und sah Frau Maria, die ihn mit einer

unmerklichen Kopfbewegung in Richtung eines freien Tischs lotste. Er nickte ihr dankbar zu, gab ihr das zwischen ihnen jahrelang eingespielte, minimale Handzeichen für seine Bestellung, eine Melange und zwei Buttersemmeln, seufzte zufrieden und setzte sich.

Auch wenn ihm sein Traum die drohende Aussichtslosigkeit bezüglich einer Lösung des Falls Paul Schulz nahelegte, war er doch nicht bereit, sich damit abzufinden. Ganz im Gegenteil. Er hatte eine gute Nase für Verbrechen, auch wenn sie geschickt eingefädelt waren. Das traf ganz besonders in seinem aktuellen Fall zu. Ja, es war viel Geld im Spiel, wie so oft bei Verbrechen, aber es floss nicht direkt den mutmaßlichen Drahtziehern zu, sondern wurde für humanitäre Zwecke verwendet. Wer bei so einer Ausgangslage einen Verdacht äußerte, geriet sehr schnell unter Druck und brachte leicht die öffentliche Meinung gegen sich auf. Eine Kleinigkeit ließ Rumpler innehalten. Helfers hatte eine wertvolle Briefmarkensammlung von Schulz erwähnt. Vielleicht bestand eine Möglichkeit, dieses Thema weiter zu verfolgen. Es konnte ja sein, dass die zusätzlich zu den Immobilien vorhandenen Wertgegenstände doch ins Privatvermögen der handelnden Personen übergegangen waren und damit eine persönliche Bereicherung im Spiel war. Es war ein möglicher Puzzle-Baustein, nicht mehr, aber vielleicht vervollständigte er das Bild. Er machte sich dazu eine Notiz in seinem Moleskine-Buch. Viel versprach er sich nicht davon. Der Wert von Briefmarken-Sammlungen wurde häufig überschätzt und vielleicht ging es bei der „wertvollen Sammlung" ja nur um ein paar hundert Euro. Das hielt ihn aber keineswegs davon ab, der Sache nachzugehen. Schön öfters hatte er in seiner Praxis feststellen können, dass sich manche scheinbaren Nebensächlichkeiten bei einer Beweisführung letztlich als sehr hilfreich erwiesen, auch wenn der Großteil nichts erbrachte. Was Rumpler hinsichtlich seines Falls aber besonders umtrieb, ja geradezu empörte, war die Schläue, die für die Kontaktaufnahme mit den Opfern eingesetzt worden war. Welcher ältere Herr würde nicht spontan einer

verzweifelten jungen Frau zu Hilfe kommen, der die Einkäufe auf den Boden fielen und davonrollten? Dann wurde auf dieser „zufälligen“ Basis ein Vertrauensverhältnis aufgebaut, zunächst in kleineren, dann auch größeren Schritten, bis es schließlich zur Ausstellung einer umfassenden Vollmacht kam. Damit war die Grundlage gegeben, über das Vermögen des Opfers zu verfügen und gleichzeitig mögliche Kontakte mit Verwandten oder Bekannten hintanzuhalten. Waren die Opfer erst einmal in der Klinik, dann konnte aus medizinischen Gründen leicht eine Kontaktnahme verweigert werden. Ob die jeweils erforderlichen Medikamente in der richtigen Dosierung verabreicht wurden, war auch nicht leicht feststellbar. Was aber für Außenstehende offensichtlich war, war die Tatsache, dass die Klinik sehr gut, beinahe schon luxuriös ausgestattet war, was natürlich den Patienten zugutekam. Wieder ein Argument weniger, dass hier nicht alles mit rechten Dingen zuging.

Während Rumpler mit Genuss seine Melange trank, wurde ihm eines klar. Die bisher gesammelten Informationen und Indizien reichten nicht aus, um in diesem Fall ernsthaft voranzukommen. Dazu bedurfte es eines handfesten Beweises und der war nicht in Sicht. Zumindest noch nicht.

28.

Es war Sonjas Geburtstag, ihr fünfunddreißigster. Rumpler hatte groß aufgekocht, und zwar Wild, auf Sonjas ausdrücklichen Wunsch. Schon vor ein paar Wochen hatte er sich bei einem befreundeten Jäger ein besonders schönes Stück Fleisch von einem jungen Damhirsch herausverhandelt, dazu aber auch reichlich Knochen und Sehnen, die er vorweg in einem langwierigen Röst- und Aufgussverfahren in einen köstlich intensiven Jus verwandelt hatte, ohne den eine gute Wildsauce einfach nicht gelang. Ganze eineinhalb Liter waren ihm geblieben, von beinahe acht Litern Anfangsvolumen, aber diese eineinhalb Liter hatten es in sich. Das Fleisch selbst hatte er in eine Rotwein-Essig-Beize eingelegt, mit reichlich Wurzelgemüse, das später aus der Beize gefischt und mit zusätzlichem frischem Wurzelgemüse angeröstet wurde und unter Hinzufügung von Jus eine sagenhaft gute Wurzelsauce ergab. Als weitere Zutaten gab es gebratene Kastanien, Birnenhälften mit Preiselbeeren und Semmelknödel. Bei Letzteren hatte Rumpler auf die oft übliche Mehlbeigabe verzichtet und dafür sowohl die Zahl der Eier erhöht, als auch einen Teil der Milch durch Obers ersetzt. Nicht gerade ein Diätessen, wie er dachte, aber er wusste, man durfte sich gerade bei solchen Anlässen vor der Sünde nicht fürchten, sondern musste ihr tapfer ins Auge sehen. Und was gut schmeckte und mit Genuss gegessen wurde, vertrug man meist auch gut. Glücklicherweise.

Die Feier selbst fand im engsten Familienkreis statt, es waren nur Sonja und Max sowie Alma und Rumpler anwesend. Der massive Esstisch in Almas großer Wohnküche war reich gedeckt, vom Fleisch waren nur mehr wenige Stücke übrig, man war des Lobes voll. Während Rumpler als Nachtisch einen leicht mit Rum aromatisierten Kastanienreis samt Vanilleeiskugeln, über die er etwas Tonkabohne gerieben hatte, und eine Runde Espres-

so servierte, seufzte Sonja zufrieden,

„danke Hans, der Hirsch war einfach großartig.“

Rumpler strahlte,

„das freut mich sehr.“

Sonja hatte ein schelmisches Blitzen in den Augen,

„aber eine Kleinigkeit fehlt noch.“

Rumpler blickte überrascht auf,

„und was wäre das?“

„Es ist schon so lang her, dass ich für dich an einem Fall arbeiten durfte. Ich würd das gern endlich wieder einmal tun. Das wär mein Geburtstagswunsch.“

Während Alma in nur zum Teil gespielter Verzweiflung die Augen verdrehte, fuhr Sonja fort,

„und es gibt ja wieder einen Fall…“

Sie blickte zu Max, der sich aber nur räusperte, ein unschuldiges Gesicht machte und schwieg.

Sie sah Rumpler lachend an,

„leugnen ist zwecklos. Ich hab so meine Informationen.“

Rumpler gab sich einen Ruck,

„es gibt einige Verdachtsmomente. Ob das aber ein richtiger Fall ist oder einer wird, kann ich noch nicht sagen.“

„Ich würd' gern etwas dazu beitragen, dass es einer wird.“

„Vielen Dank, Sonja. Da wäre schon etwas.“

Er wusste, eine besondere Stärke Sonjas lag darin, aus einer großen Fülle unübersichtlicher Daten Relevantes herauszufiltern. Sie hatte das schon früher mit großem Erfolg für ihn gemacht. Er weihte sie zunächst in großen Zügen in die Verdachtslage ein und fuhr dann fort,

„wenn meine Vermutungen stimmen, dann hat es in der Klinik vielleicht schon in der Vergangenheit ähnlich gelagerte Fälle gegeben – nach dem gleichen Muster „reicher alter Mann – Bevollmächtigung einer Frau – Unterbringung in der Demenzklinik – Vermögensübertragung an die Stiftung“. Dazu bräuchte ich die entsprechenden Namen und Daten. Eine zweite Fragestellung betrifft die Mittelverwendung seitens der Stiftung. Ein

Großteil der Gelder wird wohl in den Zubau der Klinik geflossen sein, aber es wäre interessant zu wissen, was mit dem übrigen Geld passiert ist. Könntest du dir das ansehen?"

Sonja hatte leuchtende Augen bekommen,

„sehr gerne. Danke für mein Geburtstagsgeschenk. Ich freu mich sehr."

Als Rumpler am Abend wieder mit Alma allein war, kam sie auf seinen Fall zu sprechen,

„die Sonja kanns nicht lassen. Ab und zu braucht sie offensichtlich ein Abenteuer. Das liegt ihr einfach im Blut."

„Das seh ich auch so. Sie wäre eine ausgezeichnete Kriminalistin."

„Solange es nicht gefährlich für sie wird, hab ich ja kein Problem damit."

„Ich seh derzeit keine akute Gefahr für sie."

„Das hoff ich auch."

Nach einer kurzen Pause fuhr sie fort,

„wenn an deinem Verdacht etwas dran sein sollte, und ich bin ziemlich sicher, dass das so ist, dann handelt es sich um ein absolut bösartiges Schema."

„Ja, vor allem, weil das Vertrauen und die Hilfsbereitschaft von alten Menschen missbraucht werden. Es ist widerwärtig."

„Du hast mir ja erzählt, dass da vielleicht auch Isabellas Mann seine Finger im Spiel hat. Sie hat wahrscheinlich keine Ahnung davon, was da im Hintergrund läuft."

„Das kann gut sein. Falls die Sache mit der Klinik hochgeht und er mit drin steckt, dann bricht womöglich ihre ganze Welt zusammen. Da wäre es für sie sehr wichtig, jemanden zu haben, der sich um sie kümmert. Vielleicht könnt ja ihr beide, du und Reni, ihr beistehen, wenn es ernst wird."

„Das machen wir ganz sicher. Wir lassen sie nicht im Stich."

29.

Rumpler hatte sich bei einem befreundeten Münzenhändler im ersten Bezirk zu einem Besuch angesagt. Zum einen hatte er ihn schon längere Zeit nicht gesehen und freute sich sehr darauf, endlich wieder mit ihm zu plaudern, zum anderen wollte er ihn bezüglich der Briefmarkensammlung von Schulz um Rat fragen. Das Treffen war für achtzehn Uhr angesetzt, weil das Geschäft um diese Zeit schloss und somit kein störender Kundenbesuch mehr zu erwarten war. Nachdem Rumpler jedoch eine halbe Stunde früher als erwartet eingetroffen war, stattete er dem nahe gelegenen Heiligenkreuzer Hof einen kurzen Besuch ab. Das wunderbare, wie eine ruhige Insel inmitten der Großstadt liegende Hofensemble war größtenteils im Barock errichtet worden; die Vorgängerbauten stammten noch aus dem Mittelalter. Von ihnen waren nur mehr die Kellergewölbe erhalten geblieben. Linker Hand sah Rumpler die Werkstätte eines Geigenbauers, die ihn sofort verzauberte. Es war für ihn, als ob die Zeit stehen geblieben wäre. Die Geige seines Großvaters fiel ihm ein, die in äußerst desolatem Zustand in seinem Keller ihr Dasein fristete. Ein wenig zögernd trat er in die Werkstätte, der Meister nickte ihm freundlich zu und fuhr zunächst mit seiner Arbeit fort. Das bot Rumpler die Gelegenheit, sich in der Werkstätte ein wenig umzusehen. Alle Stufen der Entstehung von Streichinstrumenten waren zu sehen, dazu viele spezielle Werkzeuge, wie sie ihm noch nie untergekommen waren. Endlich war der Meister zufrieden, er legte den Geigenkorpus, den er bearbeitet hatte, zur Seite und fragte Rumpler, was er für ihn tun könne. Dieser brachte sein Anliegen vor, zweifelnd, ob die Restaurierung einer billigen Geige für den Meister überhaupt in Frage käme. Doch zu seiner Überraschung verstand ihn der Geigenbauer sehr gut und erklärte sich bereit, die Geige zu einem moderaten Preis wieder in einen ansehnlichen Zustand zu bringen. Rump-

ler freute sich und kündigte an, schon bald mit dem Instrument zu kommen und verabschiedete sich. Wieder im Freien dachte er, wie viele Entdeckungen Wien für ihn bereithielt, so wie diesen wunderbaren Platz, an dem die Zeit stehen geblieben war. Rumpler schlenderte gemächlich weiter, bis er vor einer an der Hauswand angebrachten Tafel stand, auf der ersichtlich war, dass hier Helmut Qualtinger gewohnt hatte, ein Wiener Original und ein genialer Schauspieler. Er sah auf die Uhr und stellte fest, dass es Zeit für sein Treffen war.

In der Münzhandlung seines Freundes war noch immer alles beim Alten, die vielen Münzkästen mit ihren fein gefertigten Holzladen, die sich hoch türmenden Kataloge und die Stapel von Fachliteratur. Er wurde herzlich begrüßt,

„lang warst nicht da. Schön, dich zu sehen, Hans."

„Ich freu mich auch sehr. Gut schaust aus."

„Danke, ich glaub, da wirkt noch mein Urlaub nach. Ich war für zwei Wochen mit meiner Frau in Venedig. Es war wunderschön. Kann ich dir und Alma auch nur empfehlen."

„Das klingt sehr verlockend. Vielleicht kann sich Alma für ein paar Tage von ihrer Praxis losreißen. Das würd ihr sicher gut tun."

„Versuch es. Wir haben dort wunderschön gewohnt, in einem alten Palazzo, gar nicht so teuer und ein bisschen abseits der Touristenpfade."

Nach einer kleinen Pause fuhr er fort,

„aber jetzt sag schon. Was kann ich für dich tun?"

„Ich hätt eine Frage, die aber nichts mit Münzen, sondern mit Briefmarken zu tun hat. Hast du vielleicht Kontakte zu Briefmarkenhändlern?"

„Ja, schon einige. Was willst du denn wissen."

„Angeblich hat ein gewisser Herr Schulz, Paul Schulz, eine wertvolle Briefmarkensammlung, vor allem von Schweizer Marken, gehabt, die vermutlich unter fragwürdigen Umständen verkauft worden ist. Könntest du vielleicht einen deiner Kontakte

fragen, ob er dazu etwas weiß?"

„Natürlich, mach ich gern für dich. Ich muss dich nur warnen, die meisten angeblich wertvollen Briefmarkensammlungen sind fast nichts wert."

„Das stimmt natürlich, aber ich will es zumindest abklären."

Der Münzenhändler lächelte,

„immer noch Kriminalist, auch in der Pension …"

Rumpler nickte zustimmend, während sein Gegenüber zum Telefon griff, und den Lautsprecher aktivierte,

„hallo, Stefan. Ich hätte eine Frage. Sagt dir ein Briefmarkensammler namens Paul Schulz was?"

„Ja, selbstverständlich. Hat eine großartige Sammlung von Schweizer Marken. In den letzten Jahren hab ich aber nichts mehr von ihm gehört. Ich hab für ihn ein- oder zweimal auch Marken beschaffen können, aber die meisten Stücke, für die er sich interessiert hat, waren mindestens eine Klasse zu teuer für mich. So was gibt es meist nur auf internationalen Auktionen."

„Hast du eine Vorstellung, welchen Wert seine Sammlung gehabt haben könnte?"

„Wieso gehabt? Ist sie verkauft worden?"

„Mit großer Wahrscheinlichkeit. Aber was war sie wert?"

„Genau weiß ich das nicht, aber nachdem er ein paar der seltensten Schweizer Raritäten in der Sammlung hatte, darunter eine Doppelgenf und auch das berühmte Baseler Täubchen, war die Sammlung wahrscheinlich ein paar hunderttausend Euro wert."

„Respekt. Ließe sich feststellen, ob die Sammlung verkauft wurde?"

„Ich denk schon. Auf der Doppelgenf von Schulz war ein sehr fetter, etwas zerflossener Stempel, wie er sonst praktisch nie vorkommt. Das wäre ein Anhaltspunkt. Soll ich das für dich herausfinden?"

„Das wäre super. Hast übrigens Zeit, dass wir endlich wieder auf ein Gulasch und ein Bier gehen? Abends ist es jetzt schon angenehm warm und wir könnten draußen sitzen."

„Du wirst lachen, erst gestern hab ich auch dran gedacht. Treffen wir uns gleich morgen Abend um sechs, wenn's für dich passt."

„Super, ich freu mich."

Er legte auf und wandte sich Rumpler zu,

„ich glaub, da hast du wieder einmal eine gute Nase gehabt, Hans. Da geht es um richtig viel Geld. Sobald ich was erfahr, geb ichs dir durch."

„Vielen Dank für deine Hilfe."

„Immer gerne."

Es dauerte nicht lange und Rumpler verfügte über ausreichende Informationen bezüglich der Briefmarken. Er rief Moser an,

„hallo, Stinker. Wie geht's?"

„Danke, nicht schlecht. Hast eh gehört in den Nachrichten, der Mord am Donaukanal ist jetzt geklärt. War ein ziemlich harter Brocken."

„Das kann ich mir vorstellen. Gratuliere."

„Danke. Gibt's in der Causa Schulz was Neues?"

„Ja, eigentlich nur eine Kleinigkeit, aber vielleicht bringt sie was. Der Schulz hat eine Briefmarkensammlung gehabt, aber nicht so eine Wald- und Wiesensammlung, sondern eine mit ganz großen Raritäten aus der Schweiz. Es schaut so aus, als ob die Sammlung vor ungefähr einem halben Jahr im Auktionshaus „Harding und Spokes" in London unter den Hammer gekommen ist. Man müsste das im Detail natürlich noch nachprüfen, aber mein Kontakt hat mir versichert, dass zumindest die zwei größten Raritäten aus der Sammlung von Schulz von ihm eindeutig identifiziert worden sind."

„Nicht schlecht. Das klingt nach was Konkretem. Schick mir bitte eine E-Mail mit den Details zum Auktionshaus und zu der Versteigerung. Wir werden uns dort schlau machen. Bin gespannt, ob sich die hinter irgendeiner Verschwiegenheitspflicht verschanzen."

„Kann gut sein. Wenn du mit deiner Anfrage nicht durch-

kommst, kann ich Sonja darauf ansetzen. Du weißt ja, sie findet immer Mittel und Wege …“

„Das stimmt natürlich, aber das will ich lieber gar nicht wissen. Jedenfalls vielen Dank. Ich meld mich, wenn ich dazu was hab.“

„Bestens, schönen Tag noch.“

„Danke, dir auch.“

30.

Nach nur zwei Tagen saß Sonja bei Rumpler in der Wohnküche, stärkte sich mit den köstlichen Beinschinken-Brötchen mit Kren, die er als kleinen Imbiss gerichtet hatte und lieferte ihm ihren Bericht,

„insgesamt waren nach meinen Informationen sechs Personen in der Villa untergebracht. Immerhin vier davon, also die Mehrheit, sind nach deinen vorgegebenen Kriterien von Interesse. Da wäre zunächst ein Herr Böhnig, der in der Klinik über die Treppe gestürzt ist und bald seinen schweren Verletzungen erlegen ist. Dann natürlich auch Paul Schulz, der dich um Hilfe gebeten hat, und vor ihm noch ein Erwin Richter und ein Ignaz Furm. Bei allen zeigt sich dasselbe Schema, mit leichten Abweichungen, aber immer geht es um alleinstehende, vermögende Männer, immer ist ihr Besitz, zumindest was die Immobilien anlangt, an die Stiftung gegangen, und immer sind sie – mit Ausnahme von Paul Schulz, der ja hoffentlich noch lebt – nur wenige Monate nach der Unterbringung in der Klinik gestorben. Bei den anderen zwei Personen ist ein derartiges Muster nicht erkennbar."

Das war für Rumpler durchaus plausibel. Vielleicht sollte durch die Aufnahme von Patienten, die nicht abgezockt wurden, der Anschein von Seriosität gewahrt werden. Sie übergab ihm eine Mappe mit den persönlichen Daten der Patienten samt den entsprechenden Vermögensverzeichnissen sowie die Eingangsbestätigungen der Stiftung. Er blätterte sie kurz durch und hatte wieder einmal Gelegenheit, die Präzision und die perfekten Erläuterungen ihrer Rechercheergebnisse zu bewundern,

„vielen Dank, Sonja. Das war großartig."

„Sehr gerne. Noch eine Frage. Ich glaub, du hast erwähnt, dass überhöhte Medikamentendosierungen in deinem Fall eine Rolle spielen könnten."

„Ja, das wäre möglich."

„Und würde sich das bei Verstorbenen im Rahmen einer Exhumierung nachweisen lassen?“

„Grundsätzlich ja. Aber es gibt ein Problem. Böhnigs Leichnam wurde sehr bald nach seinem Tod eingeäschert und ich bin so gut wie sicher, dass das auch bei den beiden anderen, diesem Richter und dem Furm, der Fall war.“

„Nein, das stimmt nur teilweise. Furms Leichnam wurde eingeäschert, aber der von Richter nicht. Er wurde konventionell begraben, auf dem Ottakringer Friedhof.“

Rumplers Aufmerksamkeit stieg schlagartig an. Sonja hatte wieder einmal ihre exzellente Spürnase unter Beweis gestellt.

„Sehr interessant. Wie lange ist das Begräbnis von diesem Richter her?“

„Gut zwei Jahre. Ich hab dir die Daten dazu auch in die Mappe gegeben. In einer Fußnote findest du die genaue Position von seinem Grab.“

„Vielen Dank. Das könnte wichtig werden.“

„Du wolltest ja auch Informationen bezüglich der Stiftungsmittel. Ein erheblicher Teil wird periodisch an eine Non-Profit-Organisation für Demenzkranke in Serbien überwiesen. Ich hab mir das ziemlich genau angeschaut. Für die Verteilung der Mittel vor Ort ist ein gewisser Mirko Jovanovic zuständig. Er überweist die Mittel einmal monatlich an insgesamt vier Personen, genauso viele, wie es Pflegerinnen in der Villa gibt. Die Namen der Empfänger konnte ich nicht zuordnen, aber die entsprechenden Adressen schon. Es sind genau die der Herkunftsfamilien der Pflegerinnen.“

Rumpler pfiff durch die Zähne,

„um wieviel Geld geht es da?“

„Gar nicht so wenig. Pro Kopf gibt es zweitausend Euro pro Monat.“

Das war tatsächlich ein ziemlich hoher Betrag, vor allem, wenn man die nicht sehr hohen Lebenshaltungskosten in Serbien berücksichtigte.

„Ist dir bei den Pflegerinnen jemand mit dem Vornamen Arjeta

untergekommen?“

„Ja, eine Arjeta war auch dabei. Ihre Familie lebt aber nicht mehr, bis auf eine alte Tante. Die hat bis vorigen Monat auch die zweitausend Euro bekommen, aber dann wurden die Zahlungen beendet.“

Das passte ins Bild. Arjeta hatte ihre Mitarbeit in der Organisation verweigert und dem entsprechend waren die monatlichen Unterstützungszahlungen eingestellt worden, die offenbar nichts mit dem Thema Demenz zu tun hatten, sondern eine Art finanzieller Köder waren, um die Pflegerinnen bei der Stange zu halten. Das kriminelle Schema trat für Rumpler immer deutlicher hervor. Es war eine psychologisch gut durchdachte, bösartige Konstruktion. Jede der Pflegerinnen, die vielleicht ans Aussteigen dachte, schadete damit durch Wegfall der Zahlungen sofort und unmittelbar ihrer eigenen Familie. Er bedankte sich bei Sonja, die – wie nicht anders zu erwarten – wieder einmal erstklassige Arbeit geleistet hatte. Der nächste Schritt lag jetzt klar vor ihm. Sie mussten versuchen, eine Exhumierung Richters zu erwirken, in der Hoffnung auf einen handfesten Beweis. Einfach würde das nicht werden.

Kurz darauf saß er mit Moser im Café Rathaus, das ihnen seit jeher als eine Art zweites Büro gedient hatte und informierte ihn über Sonjas Recherchen und seinen Plan. Moser grinste breit,

„der Kneifig wird mich fragen, ob ich deppert worden bin.“

„Und?“

„Ist mir egal.“

Mosers unmittelbarer Vorgesetzter, Mag. Gerold Kneifig, hatte in der Kollegenschaft keinen guten Ruf. Er galt als Opportunist, der sich nach dem Wind drehte und seine Mitarbeiter nie in Schutz nahm, sondern sie, wenn es ernst wurde, im Regen stehen ließ. Rumpler hatte ihn knapp vor seiner Pensionierung kennengelernt und war froh gewesen, nicht mit ihm zusammen arbeiten zu müssen.

31.

Schon am nächsten Tag hatte Moser Gelegenheit, seine geringe Wertschätzung für Kneifig eindrucksvoll bestätigt zu bekommen. Er hatte ihn ohne Voranmeldung aufgesucht, obwohl er wusste, dass Kneifig das hasste. Dieser saß hinter seinem pompösen Schreibtisch verschanzt auf einem Drehsessel mit so mächtiger Rückenlehne, dass er von Kneifigs Mitarbeitern hinter vorgehaltener Hand der „Pfauenthron" genannt wurde. Kneifig war eitel, vor allem, was seine Kleidung betraf, und unterwarf sich mit Vergnügen den jeweils vorherrschenden Modetrends. Das war nicht immer zu seinem Vorteil, zumal die aktuelle Mode sehr enge, eher kurz geschnittene Hosen vorschrieb.

Kneifigs Sekretärin hatte Moser vor seinem Termin noch kurz über die schlechte Laune ihres Chefs informiert und entsprechend eisig war auch der Ton, mit dem er sich an Moser wandte,

„ich habe nicht mit Ihnen gerechnet, Moser. Sie wissen doch, dass Sie meinen Terminplan durcheinanderbringen."

„Das tut mir sehr leid."

Mosers in treuherzigem Ton vorgebrachte Antwort goss weiter Öl ins Feuer.

Nach einer kurzen Pause fuhr er fort,

„aber ich komme in einer sehr dringenden Angelegenheit."

„Dann machen Sie schnell. Sie sehen doch, ich bin sehr beschäftigt."

Das sah Moser allerdings. Unter einem offenbar hastig darüber geworfenen Akt lugte unverkennbar ein Segelyacht-Magazin hervor, ein Thema, mit dem sich Kneifig intensiv befasste.

Moser berichtete ihm über den aktuellen Fall, angefangen von dem verschlüsselten Hilferuf bis zu den Auffälligkeiten bei den Patienten, deren Vermögen an die Stiftung übertragen worden war. Schon bald nachdem er mit seinen Ausführungen begonnen hatte, begann es in Kneifigs Gesicht zu arbeiten. Zunächst

zeigte sich nur eine Art nervöses Zucken des linken Augenlids, dann spannten sich seine Kiefermuskeln und seine Gesichtsfarbe wechselte von einer fahlen Blässe in leichte Lila- und Rottöne. Moser, dem diese Abfolge durchaus vertraut war, sprach ungerührt weiter. Kneifigs Halsadern schwollen an. Als Moser ihn von der geplanten Exhumierung in Kenntnis gesetzt hatte, war es mit seinem Schweigen vorbei.

„So. Jetzt ist aber Schluss mit diesem Unfug. Belästigen Sie mich nicht weiter mit so einem Blödsinn."

Mosers Gesichtsausdruck war naiv-unschuldig,

„wieso Blödsinn? Den Hilferuf an Rumpler kann man doch nicht ignorieren."

Dieser Name war der Funke am Pulverfass. Kneifig hatte Rumpler immer gehasst, vor allem wegen der unbedingten Loyalität seiner Mitarbeiter ihm gegenüber, und wohl auch, weil er ihn um seine Erfolge, die noch dazu oft mit unorthodoxen Methoden erzielt worden waren, beneidete. Kneifigs Stimme zischte vor Empörung,

„Sie werden doch nicht so eine Raubersgschicht glauben, die sich ein Pensionist ausgedacht hat, dem es fad ist, wenn der Tag lang ist. Und ist Ihnen überhaupt klar, Moser, wer dieser Dr. Rodriguez eigentlich ist?"

„Ja, schon. Ein Verdächtiger."

Mosers lakonische Antwort trug nicht zur Beruhigung bei.

„Sie Depp! Das ist ein verdienstvoller Wissenschaftler und ein Philanthrop noch dazu. Und einen hohen Orden kriegt er auch noch, in ein paar Tagen, ich bin sogar zur Verleihung vom Minister persönlich eingeladen. Das wär ein schöner Skandal, wenn wir uns mit so einem idiotischen Verdacht zum Narren machen würden, grad jetzt."

„Ich versteh. Aber die Exhumierung geht schon in Ordnung, oder?"

Kneifigs Stimme wurde schrill,

„natürlich nicht, Sie Idiot. Ich glaub, Sie wollen mich einfach nicht verstehen. Gar nichts geht in Ordnung. So blöd kann man

ja gar nicht sein. Ich geb Ihnen jetzt eine ausdrückliche dienstliche Weisung, Moser. Sie werden in dieser Angelegenheit keine weiteren Schritte mehr setzen. Gar keine. Haben Sie mich verstanden?“

„Sogar sehr gut. Sie sind ja laut genug.“

„Hinaus! Jetzt, sofort.“

„Und? Wie wars beim Kneifig?“

Rumpler glaubte die Antwort bereits zu kennen. Zu Recht, wie sich gleich herausstellte.

„Laut. Sogar sehr laut. Ich hab glaubt, es trifft ihn der Schlag. Kennst ihn eh, wenn er seine Farbe aufzieht. Am Schluss war er rot wie ein Truthahn. Er hat mir ausdrücklich verboten, noch irgendwas in diesem Fall zu unternehmen.“

„Also ist die Exhumierung auch kein Thema mehr?“

„Genau.“

„Schlecht. Aber vielleicht gibt es ja einen Umweg, der trotzdem zum Ziel führt.“

Moser blickte Rumpler scharf an,

„denkst du dasselbe wie ich?“

Rumpler grinste,

„ich glaub schon. Der Yeti.“

„Der Yeti“,

bestätigte Moser. Der Yeti war ein legendärer alter Kriminalist, ein geheimnisumwitterter alter Mann, exzellenter Schachspieler, äußerst vermögend und als Berater in Sicherheitsthemen international gefragt. Er war Rumpler vor knapp zwei Jahren bei der Aufdeckung eines anfangs unlösbar erscheinenden Falls beigestanden. Eigentlich hieß er Bernhard Schaffer, aber seine riesenhafte Gestalt hatte ihm den Spitznamen „Yeti“ eingetragen. Manche Kollegen behaupteten jedoch, der Name müsste „Jäti“ lauten, weil Schaffer seinen riesigen Garten mit unglaublicher Leidenschaft und Akribie pflegte und jätete.

„Vielleicht hast du ja Glück“, meinte Moser, „wenns einer schafft, dann er.“

„Schau ma mal“, antwortete Rumpler vorsichtig, „Womöglich ist das Ganze für ihn eine zu dünne Suppe. Drängen lässt er sich sicher nicht.“

„Die Hoffnung stirbt zuletzt. Wenn das klappt, platzt der Kneifig vor Wut.“

Mosers infames Grinsen machte deutlich, dass ihm diese Vorstellung nicht gerade unangenehm war.

32.

Alles war still, nur ihre aufgeregten Atemzüge waren zu hören. Sie öffnete mit bebenden Fingern den Deckel des kleinen Sarges,

„Tödlein, schläfst du?"

Keine Antwort. Sie fragte wieder, lauter, drängender,

„Tödlein, schläfst du?"

Diesmal antwortete das Tödlein, mit einer hohen, etwas wehleidigen Kinderstimme,

„ich bin wach und höre."

„Tödlein, was machen wir mit ihm? Er lügt. Immer wieder. Er will sie nicht verlassen. Was können wir tun?"

„Er muss weg, tot sein."

„Aber ich liebe ihn. Ich kann das nicht."

„Ich werde es für dich tun. Dann bist du nicht schuld an seinem Tod."

„Wie wird er sterben?"

„Ich habe einen Stachel für ihn bereit."

„Und ich kann nichts dafür?"

„Du bist unschuldig an seinem Tod. Ich tu es ganz allein."

Ein unheimliches Schaben und Kratzen setzte ein. Nach einigen Minuten wurde der winzige Sarg wieder in seinem Versteck verstaut und es herrschte Totenstille.

33.

Rumpler war unterwegs zum Yeti, der in Döbling seine prachtvolle Villa hatte. Als er schließlich ankam, sah er vor dem Haus eine ganze Reihe von Baufahrzeugen stehen. Er läutete und nach wenigen Augenblicken hörte er die durch das Gerät leicht verzerrte Stimme des Yeti,

„schön, dass du da bist, Hans. Hast eh gsehn meine Baustelle. Bei mir geht's zu wie im ewigen Leben. Komm heute bitte zum Gärtnerhaus, dort haben wir eher Ruhe."

Auf dem Weg dorthin sah Rumpler, dass die wunderschöne Fassade der Villa komplett eingerüstet war. Die großzügige Gartenanlage war wie gewohnt perfekt gepflegt. Die Tür des niedrigen, langgestreckten und sehr anheimelnden Gärtnerhauses ging auf. Wegen seiner riesenhaften Gestalt musste sich der Yeti beim Hinausgehen bücken. Er kam Rumpler ein paar Schritte entgegen.

„Lang haben wir uns nicht mehr gesehen. Du hast dich nicht viel verändert."

„Du aber auch nicht!"

Der Yeti lachte,

„äußerlich vielleicht nicht, aber innen ... da knistert es im Gebälk."

Er wies auf die etwa zweihundert Meter entfernte Villa und die nur schlecht erkennbaren Arbeiter, die an verschiedenen Stellen des mächtigen Baus tätig waren,

„hast eh gsehn, mein Chaos. Wir haben einige technische Verbesserungen gebraucht, neue Leitungen, eine umweltfreundliche Heizung, das Dach hat erneuert werden müssen und bei der Gelegenheit lass ich auch gleich die Fassade richten. Michelle ist zu ihrer Familie nach Frankreich geflüchtet und ich bin Strohwitwer und hüte das Haus. Wie geht's deiner Alma?"

„Sehr gut, danke. Sie war eine Zeit bei ihrer Adoptivtochter

in Amerika und das hat beiden gutgetan. Ich bin aber sehr froh, dass sie jetzt wieder da ist."

„Das versteh ich gut. Alma ist wirklich eine zauberhafte Frau."

Der Yeti führte ihn in die sehr gemütliche, geräumige Wohnküche.

„Die Kaffeemaschine hab ich aus der Villa herüberbringen lassen. So lang halt ich das nicht aus, ohne meinen guten Espresso. Willst auch einen?"

Rumpler wollte. Der Kaffee des Yetis hatte eine sagenhafte Qualität. Nach einigen einleitenden Sätzen über Urlaubspläne und Ähnliches kam der Yeti zur Sache.

„So Hans, und jetzt sag schon, wo dich der Schuh drückt."

Rumpler berichtete ihm von seinem seltsamen Fall, der eigentlich gar keiner war, noch immer nicht. Der Yeti sagte nichts, hörte nur zu, nahm gelegentlich einen Schluck Kaffee und schloss dann für einige Zeit die Augen. Hätte Rumpler ihn nicht gut gekannt, er hätte glauben müssen, der Yeti sei an der Angelegenheit desinteressiert. Nach dem Bericht schwieg der Yeti noch immer für einige Augenblicke, richtete sich dann etwas auf und sah Rumpler nachdenklich an,

„der Fall ist dir sehr wichtig. Ich meine persönlich wichtig."

Das war keine Frage, sondern eine Feststellung.

„Ja, sehr. Der Hilferuf von Paul Schulz lässt mir keine Ruhe."

„Und Schulz geht es gesundheitlich schlecht?"

„Ja, sofern er überhaupt noch lebt."

„Er muss ein kluger Mann sein, wenn er in dieser hermetisch abgeriegelten Klinik doch einen Weg gefunden hat, seinen Hilferuf abzusetzen."

„Ja, und er war auch ein sehr mutiger Zeuge. Wir verdanken ihm, dass der Rinner ins Gefängnis musste. Du erinnerst dich sicher an den Fall. Ich hab das Gefühl, ich bin ihm etwas schuldig."

„Und jetzt soll also ein Versuch bezüglich der Exhumierung gemacht werden. Wer ist denn bei der Kripo mit der Sache betraut?"

„Ich hab den Alois Moser darauf angesetzt, aber leider ohne Erfolg. Sein Vorgesetzter, Magister Kneifig, mein Nachfolger, hat die ganze Sache gestoppt."

„Ah ja, der Kneifig. Nomen est omen. Wenn es ernst wird, stellt er sich schmalseitig und putzt sich ab. Ich hab schon einiges über ihn gehört."

„Glaubst du, wir haben eine Chance…"

Der Yeti hob die Hand und griff zu seinem Mobiltelefon,

„Bernhard Schaffer, guten Morgen. Ist der Herr Sektionschef zu sprechen?"

Es dauerte nur einige Augenblicke und die Verbindung war hergestellt.

„Servus Heinz, Bernhard hier. Ich hoff es geht dir gut? Ja, fein. Ich hab ein Anliegen. Der Hans Rumpler sitzt bei mir. Kannst dich eh an ihn erinnern?"

Offenbar erinnerte sich sein Gesprächspartner sehr gut und ging auf einige von Rumplers wichtigsten Fällen ein, wie Rumpler den Antworten des Yetis entnehmen konnte.

„Ja, genau, das waren seine Fälle. Du hast ein super Gedächtnis. Wenn's für dich passt, schalt ich dich jetzt auf Lautsprecher, damit er dir unser Anliegen schildern kann."

Rumpler breitete den Fall aus, verschwieg auch nicht die zahlreichen Schwierigkeiten und kam zuletzt auf die von Kneifig abgelehnte Exhumierung zu sprechen.

„Aha. Soso. Der Kneifig will das nicht. Wundert mich nicht. Bernhard, wenn ich dich richtig versteh, ist dir die Sache wichtig. Die Erfolgschancen sind aber mehr als fraglich?"

„Ja, beides stimmt."

„Hm. So ist das also. Na gut. Ich hab eine Schwäche für aussichtslose Fälle. Ich geb eine Weisung, die Exhumierung durchführen zu lassen. Wenn's schiefgeht, nehm ich den Ärger auf mich. Vielleicht schicken sie mich nach so einem Skandal ja früher in die Pension. Wär gar nicht so schlecht. Meine Frau würd sich freuen."

„Vielen Dank, Heinz. Das hilft uns sehr."

„Tu ich gern für dich. Und für Sie auch, Rumpler. Habe Sie immer geschätzt. Und Bernhard, grüß mir bitte die Michelle."

„Danke, das mach ich. Schönen Tag noch."

Der Yeti legte das Telefon weg und wandte sich Rumpler zu,

„So, jetzt können wir nur hoffen, dass das was bringt. Gib vielleicht dem Stinker einen kleinen Tipp, als Vorwarnung, dass der Kneifig bald stinksauer sein wird."

„Mach ich. Herzlichen Dank, Bernhard."

„Sehr gerne. Bitte halt mich am Laufenden, was dabei herauskommt."

„Das mach ich."

„Und wenn nichts herauskommt, was ja gut sein kann, muss es noch immer nicht das Ende der Fahnenstange sein. Weißt eh, ich denk oft in Schachbegriffen. Mir ist unlängst wieder unser gemeinsamer Fall eingefallen, bei dem die Türme im Endspiel wichtig geworden sind. Bei deinem Fall mit dem Schulz könnte es ähnlich sein, allerdings nicht mit einem Turm- sondern mit einem Damenendspiel. Da ist die Frau von Dr. Rodriguez und da ist seine Geliebte, die zugleich auch seine Stiftung finanziert und er nutzt beide aus und laviert geschickt zwischen ihnen hin und her. Das alte Muster – ein Mann, zwei Frauen. Wer weiß, ob das auf Dauer gut geht."

Rumpler erschien diese Überlegung des Yetis etwas weit hergeholt, aber er wollte nicht unhöflich sein,

„das kann natürlich eine Rolle spielen."

Er bedankte sich nochmals für die Unterstützung bezüglich der Exhumierung und ging zu seinem Auto, glücklich darüber, dass endlich ein konkreter Schritt möglich wurde, der Schulz vielleicht helfen konnte. Vor der Heimfahrt befolgte er noch den Rat des Yetis und rief Moser an, um ihn über die bevorstehende Exhumierung zu informieren. Moser war hocherfreut.

34.

Paul Schulz spürte, wie ihm die Zeit davonlief. Er aß nur wenig, weil er unter das Essen gemischte Medikamente befürchtete und wurde dadurch von Tag zu Tag schwächer. Seine beiden Versuche, mit der Außenwelt Kontakt aufzunehmen, waren offensichtlich gescheitert. Wie lange war es eigentlich her, dass er der Praktikantin seinen verschlüsselten Hilferuf anvertraut hatte? Zwei Tage, drei vielleicht – oder war es schon eine ganze Woche? Er hatte in letzter Zeit kein verlässliches Zeitgefühl mehr, die Tage strichen vorbei, ohne dass sich einer vom anderen unterschieden hätte. Er träumte häufiger als gewohnt, auch von seinem Neffen, der sicher versucht hatte, ihn irgendwie zu erreichen, aber in dieser hermetisch abgeriegelten Klinik war das nicht möglich. In seinem letzten Traum war Schulz in der Klinik in seinem Zimmer gewesen, alles sah aus wie gewohnt, aber die Wände waren aus Glas. Draußen am Gang hatte er plötzlich Johann Rumpler gesehen, auf den er so dringend wartete. Ein unglaublicher Glücksfall, er war zur Glaswand geeilt und hatte versucht, ihn durch Klopfen oder Rufen auf sich aufmerksam zu machen. Leider vergeblich. Kein Wunder, denn Rumpler war abgelenkt – Vesna kam ihm mit einem Einkaufssack entgegen, der Sack riss, Obst kollerte auf den Boden. Sofort bückte sich Rumpler, um ihr zu helfen. Eine Falle, die Rumpler nicht erkannte, wie denn auch? Schulz trommelte wie wahnsinnig gegen die dicke Scheibe, um ihn zu warnen, aber ohne Erfolg. Er hätte heulen können vor Wut und Verzweiflung, als er Rumpler und Vesna am Ende des Gangs gemeinsam verschwinden sah.

Schulz wachte auf, schweißnass vor Aufregung. Es war mitten in der Nacht und noch stockfinster. Sein Großvater fiel ihm ein, der für ihn immer so etwas wie ein sicherer Hafen gewesen war, wohl auch deshalb, weil er unter schwierigsten Umständen nie resigniert hatte. „Egal, was dir widerfährt, gib niemals auf",

hatte er immer gesagt, „solange du lebst, gibt es noch Hoffnung. Nicht aufgeben. Niemals." Daran wollte Schulz sich halten. Völlig erschöpft schlief er wieder ein.

35.

Moser hatte gewusst, dass es arg werden würde, aber Kneifigs Wut über die von höherer Stelle aus angeordnete Exhumierung übertraf alle Vorstellungen. Kaum dass Moser in dessen Zimmer gekommen war, als Kneifig auch schon losbrüllte, oder eigentlich eher kreischte, weil bei ihm, wenn er aufgeregt war, die Stimmhöhe proportional zu seinem Zorn anstieg.

„Sie sind wirklich von allen guten Geistern verlassen, Moser. Ich habe doch ausdrücklich die Exhumierung von Richter verboten. Und was machen Sie? Sie haben nichts Besseres zu tun, als gemeinsam mit diesem famosen Rumpler meine Weisung zu umgehen. Aber das eine sag ich Ihnen. Ich häng Ihnen noch ein Disziplinarverfahren an. Irgendwas werd ich finden. Ich lass Ihre Rente kürzen. Ich habe mit der Exhumierung vom Richter nichts zu tun, gar nichts. Aber das fällt natürlich trotzdem alles auf mich zurück, wegen Ihrer Trottelei. Verschwinden Sie. Ich will Sie nicht mehr sehen."

Moser ließ einen dümmlich entschuldigenden Blick sehen, drehte sich um und ging. Am Gang nahm er sein Mobiltelefon aus dem Hosensack, drückte eine Taste und grinste vergnügt.

Mosers Mobiltelefon läutete. Ein kurzer Blick auf das Display genügte und sein Aufmerksamkeitspegel schnellte hoch. Dr. Gebert, jener Arzt, dem die Untersuchung der exhumierten Leiche von Erwin Richter oblag. Endlich.

„Guten Morgen, Dr. Gebert. Moser hier. Haben Sie schon was für mich?"

„Grüße Sie, Herr Moser. Eigentlich sollte ich noch weitere Untersuchungen anstellen, aber Sie haben mich ja auf die besondere Dringlichkeit hingewiesen. Wir haben ein belastbares Resultat."

Moser konnte seine Ungeduld kaum zügeln,

„und? Was hat sich ergeben?“

Dr. Gebert war ein sehr guter Gerichtsmediziner, aber auch einer, der sich nicht hetzen ließ. Es dauerte immer sehr lange, bis er zum Kern der Sache vorstieß,

„also, da muss ich jetzt weiter ausholen. Berücksichtigen wir die Ausgangslage. Die Leiche war gut zwei Jahre unter der Erde, um genau zu sein, zwei Jahre und dreieinhalb Monate. Mit den näheren Details will ich Sie nicht belasten, aber vereinfacht gesagt war der Erhaltungszustand Dank besonderer Umstände hinsichtlich des umgebenden Erdreichs besser, als es dem statistischen Erwartungswert entspricht.“

Moser hatte Mühe, nicht laut mit den Zähnen zu knirschen,

„und was lässt sich zur Todesursache sagen?“

„Einen Moment. Dazu komme ich gleich. Der Patient war schon älter, in den hohen Siebzigern. Nach dem von Ihnen geäußerten Verdacht könnten ihm nicht zuträgliche Medikamente verabreicht worden sein beziehungsweise eine falsche Dosierung angewendet worden sein. Berücksichtigt man seinen Aufenthalt in einer Demenzklink, stehen hier Antidepressiva und Beruhigungsmittel im Fokus. Das heißt aber keineswegs, dass man die anderen Möglichkeiten vernachlässigen dürfte. So gibt es zum Beispiel öfters auch Probleme bei Medikamenten gegen Herzrhythmusstörungen. Es könnten natürlich auch unzuträgliche Kombinationen von Medikamenten eine Rolle spielen. Ich hoffe, ich drücke mich verständlich aus.“

Moser zwang sich zur Ruhe,

„ja. Selbstverständlich.“

„Gut. Fahren wir fort.“

Nach weiteren zehn Minuten eines nur zum Teil verständlichen Erklärungsmonologs hielt es Moser nicht mehr aus.

„Herr Dr. Gebert, vielen Dank. Bitte entschuldigen Sie, aber ich habe in fünf Minuten eine wichtige Einvernahme. Ist der Richter vergiftet worden, ja oder nein?“

„Ich hätte es Ihnen eigentlich lieber ausführlicher erklärt, aber wenn es denn sein muss: ja, Richter ist an einem weit überdo-

sierten Beruhigungsmittel gestorben, das zu seinem Herzstillstand geführt hat."

Moser spürte, wie sein Puls schlagartig anstieg,

„und da gibt es keinen Zweifel?"

„Gar keinen. Ich stehe wie immer als Zeuge zur Verfügung. Dieses Ergebnis hält."

Moser stieß triumphierend die Faust in die Höhe,

„vielen Dank, Dr. Gebert."

„Immer gerne. Schönen Tag noch."

36.

Die feierliche Ordensverleihung an Herrn Dr. Rodriguez war im Festsaal eines barocken Innenstadtpalais, das im Eigentum des Bundes stand, angesetzt. Die erlesene Gästeschar stand mit Sektgläsern in größeren oder kleineren Gruppen beisammen, einige Botschafter, Spitzenbeamtinnen, ranghohe Vertreter der Ärzteschaft. Dr. Rodriguez war ganz in seinem Element, von zahlreichen Damen und wenigen Herren umringt; er erzählte wahre und erfundene Anekdoten aus seinem Leben. Er war blendender Laune, sah zudem fabelhaft gut aus und genoss mehr als einmal die bewundernden Blicke, die ihm immer wieder zugeworfen wurden. Seine Frau ließ sich indessen von einer kunstsinnigen Botschaftergattin die eindrucksvollen Monumentalgemälde erklären, die den Festsaal schmückten, weniger wegen ihres Interesses für diese Bilder, sie gefielen ihr eigentlich nicht, sondern um sich abzulenken, um nicht dauernd zu Vesna Kostic hinüber zu sehen, die als Wohltäterin und großzügige Spenderin zu Gunsten der Stiftung ebenfalls eingeladen war. Sie trug ein sehr elegantes so genanntes Kleines Schwarzes, das nach Ansicht ihrer Beobachterin aber ein etwas zu kleines Schwarzes war. Frau Dr. Rodriguez-Weitensfeld nannte sie bei Gesprächen mit ihrem Gatten nie beim Namen, sondern immer nur „diese Frau". Sie fühlte eine Abneigung gegen sie, keine Eifersucht, wie sie zumindest dachte, aber doch so etwas wie Verachtung. Insgesamt gesehen empfand sie sie als leicht vulgär und bei einer Veranstaltung wie dieser als fehl am Platz. Sie wusste aber auch, dass ihr Mann und die von ihm ins Leben gerufene Stiftung ihr sehr viel verdankten und hätte sich daher nie offen gegen sie aufgelehnt.

Eben erfuhr sie Details zur Ausgestaltung der finster drohenden Gewitterwolken auf einem der Gemälde, die angeblich durch eine ganz besonders meisterhafte Pinselführung ermög-

licht worden waren, als ein jüngerer Mann in dunkelgrauem Anzug eintraf und mit klingender Stimme alle bat, ihre Plätze einzunehmen. Der Minister würde in nur wenigen Augenblicken eintreffen. Magister Kneifig, Mitglied im selben Club wie Rodriguez und daher auch eingeladen, hob den Kopf. Nachdem von dem feierlichen Ereignis Fotos gemacht wurden, hatte er es gut verstanden, immer wieder mit den Ranghöchsten der Anwesenden gemeinsam ins Bild zu kommen. Ein unbedarfter Beobachter hätte wohl den Eindruck gewonnen, Kneifig wäre mit der Prominenz auf Du und Du. Nachdem nur die erste Sitzreihe mit Namenskärtchen durchreserviert war, hatte es Kneifig jetzt, als es ernst wurde, eilig, zu Reihe zwei zu gelangen und damit den strategisch besten Sitzplatz, der genau hinter den Plätzen des Ehepaars Rodriguez lag, für sich zu sichern. So waren ihm weitere Fotos gewiss.

Wie vor einem Konzert wurden die Gespräche der Wartenden allmählich leiser, gingen schließlich in ein dumpfes Gemurmel über, bis mit Ausnahme des einen oder anderen Hüstelns eine erwartungsvolle Stille eintrat. Aus einem breiten Seitengang näherte sich rasch eine Gruppe von Menschen; ihre Schritte waren sehr deutlich zu hören. Rodriguez richtete sich auf und genoss seinen Triumph. Gleich war es so weit. Zum kommenden Opernball würde er jedenfalls bereits ordensgeschmückt erscheinen. Plötzlich stockte der Vormarsch der fünf- oder sechsköpfigen Gruppe, die fast schon den Saaleingang erreicht hatte. Irgendjemand war an den Minister herangetreten und redete heftig auf ihn ein. Der Minister runzelte die Brauen und schüttelte mehrmals unwillig den Kopf, wollte schon weitergehen, besann sich aber dann offensichtlich doch eines Besseren und kehrte unmittelbar von dem Eingang um. Rodriguez starrte dem sich eilends Entfernenden fassungslos nach. Das durfte einfach nicht wahr sein. Statt des Ministers kam einer seiner Begleiter, trat ans Mikrofon und verkündete, dass der Minister, so leid es ihm täte, in einer unaufschiebbaren Angelegenheit gebraucht werde und die Zeremonie daher leider verschoben werden müsste. Unter

den Anwesenden erhob sich ein entrüstetes Gemurmel.

„Unglaublich, so was … was kann denn so Wichtiges passiert sein? ... uns so lang warten zu lassen und dann das? Das kann er doch nicht machen … eine Frechheit …“

Am zornigsten von allen war Rodriguez. Es war ihm deutlich anzusehen, wie es in ihm arbeitete. Er fühlte sich persönlich beleidigt und zischte seiner Frau zu,

„unfassbar. So ein Skandal.“

Sie kämpfte mühsam ihre eigene Empörung nieder, legte besänftigend ihre Hand auf seinen Arm und versuchte ihn zu beruhigen. Ohne Erfolg. Er rauchte vor Zorn,

„ich halts hier nicht mehr aus. Ich muss raus, mich entspannen. Ich fahr auf ein paar Stunden weg.“

Sie kannte dieses Verhalten von ihm zur Genüge. Er zeigte es oft, wenn er wütend war, er musste dann einfach Dampf ablassen. Wenn er wegfuhr, um sich zu entspannen, war es für sie klar, dass er den Maserati nehmen würde, der auf Hochglanz poliert am Parkplatz der Villa auf ihn wartete. Zur Ordensverleihung waren sie hingegen mit ihrem Auto, einem mächtigen Mercedes gekommen.

„Ja, Liebster, selbstverständlich. Nimm mich bitte nur bis zur Villa mit. Ich hab dort auch noch eine Kleinigkeit zu erledigen und fahr dann mit dem Mercedes heim.“

„Natürlich. Ich muss ohnehin noch duschen und mich umziehen. Fahren wir.“

Er rauschte wütend und grußlos an den herumstehenden Gästen vorbei, die ihn neugierig anstarrten. Seine Frau hatte Mühe, ihm zu folgen. Vesna Kostic hatte die Augenlider halb geschlossen und lächelte maliziös.

37.

Gleich, nachdem Moser Rumpler und den Yeti über das Ergebnis der Obduktion informiert hatte, war bei ihm Hochbetrieb. Er scheuchte sein Team gründlich durcheinander und entwickelte in Windeseile einen Plan für die generalstabsmäßige Übernahme der Klinik. Das war eigentlich gegen Kneifigs Anweisungen. Dieser hatte nämlich eine möglichst diskrete und zurückhaltende Vorgehensweise gefordert, als er vom Ergebnis der Exhumierung erfahren hatte. Moser war das einerlei. Es wurden Haftbefehle ausgestellt, die vollständige Hausdurchsuchung angeordnet, ein zusätzliches Kontingent an Polizisten zur Überwachung und Abriegelung der Villa geordert, um eventuelle Fluchtversuche zu vereiteln und der entsprechende Zeitplan entwickelt. Es wurde aber auch berücksichtigt, dass die Patienten für den Fall der Festnahme von Pflegekräften nicht ohne Betreuung sein konnten. Um sie nicht noch zusätzlich aufzuregen, sollten sie nicht verlegt werden müssen. Auch zwei Polizeiärztinnen würden mitkommen, die er schon länger kannte und wegen ihrer Nervenstärke und Kompetenz sehr schätzte. Moser telefonierte sich durch die verschiedenen Gesundheitsbehörden, um sein Team noch mit geeigneten Pflegekräften zu komplettieren und auch diesen Punkt endlich abzuhaken. Um achtzehn Uhr wischte er sich den Schweiß von der Stirn und rief wieder Rumpler an. Während es läutete, biss er noch kräftig von der Pizza ab, die die Kollegen dankenswerter Weise herbeigeschafft hatten. Das führte dazu, dass seine Aussprache mehr als nur undeutlich war, als Rumpler sich meldete. Es war nur ein unverständliches Kauderwelsch zu hören, weshalb er vorsichtig nachfragte,

„hallo? Alois? Bist du das?"

Mittlerweise war der Bissen verschluckt und Moser wieder verständlich,

„hallo, Hans, entschuldige, hab nur etwas essen müssen."

Rumpler kannte dieses hastige Essen zwischendurch aus seiner beruflichen Praxis nur zu gut,

„alles gut. Wie läufts bei euch?“

„Alles auf Schiene. Das wird eine größere Aktion. Um neunzehn Uhr lass ich die Villa umstellen und dann geht’s los. Kommst eh mit? Du solltest dabei sein, weil der Schulz bei dir Hilfe gesucht hat. Wenn er dich sieht, regt er sich vielleicht nicht so auf.“

„Ja, klar. Ich komm direkt hin.“

„Super.“

„Wart noch einen Augenblick. Du hast doch noch die Nummer vom Becker. Ruf ihn an, er kann dir vielleicht noch Hinweise bezüglich der Villa geben, die nützlich sein könnten.“

„Hast Recht, das mach ich.“

Dieser Rat Rumplers sollte sich in der Tat als nützlich erweisen. Es gab nämlich nicht nur einen Hinterausgang, sondern noch einen zweiten, mit einer von außen kaum sichtbaren Tür, die fast völlig von einem großen Gebüsch verdeckt wurde. Moser baute diese Informationen in seinen Plan ein.

38.

Dr. Rodriguez fuhr zu schnell. Er nahm die Kurven der bergigen Strecke mit so einem Tempo, dass die Reifen des Sportwagens gelegentlich die Bodenhaftung verloren und er den Leitschienen gefährlich nahekam. Plötzlich verspürte er Hunger, aus dem vielversprechenden Buffet war nach der missglückten Ordensverleihung natürlich nichts geworden und in seinem Zorn hatte er nicht daran gedacht, etwas Essbares mitzunehmen. Zu dumm. Wider besseres Wissen öffnete er das Handschuhfach und griff hinein. Während er zwei Radfahrer mit kreischenden Reifen überholte, zog er zu seiner freudigen Überraschung ein Papiersäckchen heraus und legte es grinsend neben sich auf den Beifahrersitz. Vesna hatte offensichtlich an ihn gedacht und ihn dank des zweiten Autoschlüssels, den er ihr anvertraut hatte, mit seiner Lieblingsleckerei, hauchdünnen Florentinern versorgt, wie sie es oft machte. Lieb von ihr. Eine kleine Nachricht hatte sie offenbar auch dazugelegt. Die fliederfarbene Karte rutschte wegen der hohen Geschwindigkeit in den Zwischenraum zwischen dem Beifahrersitz und der Mittelkonsole. Egal. Es stand ohnedies sicher nur das Übliche drauf. Er wollte nicht warten, bis er einen Parkplatz fand, raste weiter und öffnete den Sack. Noch während er mit den Fingern nach einem Florentiner tastete, schrie er auf. Etwas hatte ihn gestochen. Gleichzeitig sah er aus dem Augenwinkel, wie mehrere Wespen aus dem Sack krochen. Helle Panik überfiel ihn, er war allergisch gegen Wespenstiche, aber er hatte ein geeignetes Injektionsset, den so genannten Autoinjektor, immer dabei. Er stieg kräftig in die Bremse und fuchtelte wild mit den Armen, um die Wespen, die seinen Kopf umschwirrten, zu vertreiben. Ein zweiter Stich, diesmal im Bereich der linken Augenbraue und ein dritter am Oberschenkel. Er spürte, wie sein Gesicht anschwoll und ihm das Atmen immer schwerer fiel. Mit zitternden Fingern klaubte er das Not-

fallset mit dem Autoinjektor aus dem Fach in der Mittelkonsole. Er wusste, wie knapp die Zeit für ihn wurde. Durch den allergischen Schock war sein Körper mit Histamin überschwemmt, was zu einer starken Erweiterung der Blutgefäße führte. Er packte den Autoinjektor, entfernte den Schutzdeckel und stach sich die Nadel durch die Hose in den Oberschenkel. Noch während er die Einstichstelle vorschriftsmäßig massierte, wurde ihm totenübel. Was auch immer die Injektion enthalten hatte, es war sicher kein Adrenalin. Einen Notruf abzusetzen, schaffte Rodriguez nicht mehr.

39.

„Hallo, Hans. Bist du schon da?“

„Ja, ich bin auf dem Parkplatz.“

„Gut. Ich komm gleich mit den Kollegen zu dir und dann gehen wir hinein. Die Villa ist komplett umstellt, bei jedem Ausgang ist ein Beamter postiert, der Übergang in den Zubau wird auch überwacht, der Parkplatz wird komplett gesperrt.“

„Bis gleich.“

Es war plötzlich wie früher, wenn sich ein Fall als besonders schwierig erwiesen hatte und dann plötzlich Bewegung in die Sache kam. Rumpler fühlte die Anspannung und in gewisser Weise genoss er sie auch, wie ein Jäger, der nach langer, mühsamer Pirsch endlich die Beute sichtet. Moser traf mit einem dunklen Zivilfahrzeug ein. Zwei Polizisten stiegen aus. Einer von ihnen wurde bei der Parkplatzausfahrt positioniert, der andere blieb bei ihnen. Ein weiteres Polizeifahrzeug langte ein. Moser telefonierte noch kurz mit sämtlichen Posten. Alle waren bereit.

„So, Hans. Jetzt geht's los.“

Während sie auf den im Halbdunkel liegenden Eingang der Klinik zusteuerten, schickte Rumpler ein Stoßgebet für Paul Schulz, aber auch für sich selbst zum Himmel, in der Hoffnung, nicht zu spät zu kommen. An der Türe läutete Moser Sturm. Ein verdatterter Portier erschien, ein kahlköpfiger rundlicher Mann von etwa fünfundvierzig Jahren, Moser präsentierte seinen Ausweis und sie wurden eingelassen.

„Was ist denn los, dass Sie außerhalb der Öffnungszeiten kommen? Ist was passiert?“

Ohne auf die Fragen auch nur im Mindesten einzugehen wandte sich Moser an den Polizisten,

„Huber, Sie bleiben hier und achten darauf, dass hier keinerlei Kommunikation stattfindet. Kein Telefonat, kein Internet-Verkehr, gar nichts. Niemand verlässt die Klinik.“

„Geht in Ordnung.“

In der Zwischenzeit waren vier weitere Beamte eingelangt, die von Moser für das Durchsuchen der Villa eingeteilt worden waren.

Zum Portier gewendet bellte er,

„die Schlüssel für den Eingang zur Klinik. Wo liegt Paul Schulz?“

Der Portier übergab ihm mit zitternden Händen einen Schlüssel,

„der sperrt die Schleuse zur Villa. Und Schulz liegt im zweiten Stock ganz hinten am Ende des Gangs. Aber was ist denn überhaupt los?“

„Wer ist in der Villa anwesend?“

Der Portier gab ihm die kurze Namensliste durch und versuchte nochmals, etwas über den Grund des Polizeieinsatzes zu erfahren. Moser ließ ihn einfach stehen. Die kleine Gruppe eilte davon.

„Werden wir die Waffen brauchen?“ fragte der jüngste Polizist.

„Ich glaub nicht. Aber trotzdem wachsam bleiben.“

Die Schleusentür ließ sich problemlos öffnen.

Moser blickte auf die Aufzugstür und schlug sich an die Stirn,

„zu blöd. Der Lift funktioniert nur mit einem eigenen Schlüssel oder mit Code-Eingabe. Das hätt uns der Idiot aber auch sagen können. Egal. Wir nehmen das Stiegenhaus.“

Während sie sich in raschem Tempo keuchend vorarbeiteten, sahen sie beim Treppenabsatz im ersten Stock, dass sich die Liftkabine nach unten in Bewegung gesetzt hatte. Moser fluchte, hörte das zischende Geräusch der sich öffnenden Lifttür und blieb stehen, um seine unten postierten Kollegen telefonisch zu warnen,

„passts auf, da kommt wer mit dem Lift …“

Zu spät. Statt einer Antwort hörte er einen Schuss.

„Verflucht. Sofort Verstärkung zum Eingang.“

Zwei Polizisten rasten mit gezogenen, aber noch gesicherten Waffen die Treppe hinunter, während Moser, Rumpler und

die beiden anderen Polizisten das zweite Obergeschoß erreicht hatten. Moser und seine Kollegen hatten nun auch die Waffen gezogen. Rumpler war froh, dass ihm als Pensionist ein möglicher Waffeneinsatz erspart blieb. Die Tür zu dem Gang, der zum Zimmer von Schulz führte, stand offen, eine Frau kam ihnen entgegen, dunkelhaarig, schlank, mit arrogantem Blick. Sie wurde sofort angerufen,

„Polizei. Stehen bleiben und Hände in die Höhe."

Sie lächelte spöttisch,

„sind Sie immer so nervös?"

Moser hatte sie mittlerweile erkannt,

„Vesna Kostic?"

Sie nickte.

„Es liegt ein Haftbefehl gegen Sie vor. Kommen Sie mit."

Während ihr ein Kollege von Moser Handschellen anlegte, läutete dessen Telefon,

„ja? Wie schauts aus?"

Er horchte konzentriert und hielt dann kurz die Hand über den Hörer,

„den Bauer hats erwischt. Eine Frau. Sie wollte über den zweiten Hinterausgang hinaus und hat sofort geschossen. Die Kollegen haben sie festnehmen können. Der Bauer dürft aber nicht lebensbedrohlich verletzt sein."

„Gott sei Dank."

Moser gab noch rasch einige Anweisungen durch und wandte sich dann wieder Rumpler zu,

„so. Wir gehen jetzt zum Paul Schulz."

Die Polizisten und die Ärztinnen wurden auf die einzelnen Räume verteilt.

Die Tür zum Zimmer von Schulz stand einen Spalt offen, es war dunkel im Raum. Moser machte Licht. Schulz lag in seinem Bett und schlief.

„Vielleicht ist es besser, wenn du ihn weckst, Hans? Damit er sich nicht zu sehr aufregt, wenn plötzlich ein Fremder in seinem Zimmer ist."

Rumpler nickte, setzte sich auf den Sessel neben dem Bett von Schulz und nahm behutsam dessen Hand,

„Herr Schulz? Wachen Sie auf."

Keine Reaktion.

„Herr Schulz, können Sie mich hören? Herr Schulz?"

Er regte sich etwas, war aber offenbar noch völlig schlaftrunken,

„was ist denn los?"

„Herr Schulz, Sie haben mir eine Nachricht geschickt. Ich bin Johann Rumpler."

Die Augenlider von Schulz zuckten und hoben sich dann plötzlich langsam. Er starrte Rumpler ungläubig an, dann begannen seine Augen zu leuchten,

„Herr Rumpler. Das ist ja wie ein Wunder. Sie sind es wirklich. Ich hab nicht mehr geglaubt, dass Sie kommen. Ich bin so froh, dass Sie da sind."

Er blickte vorsichtig um sich,

„wo ist Vesna?"

„Keine Sorge. Sie ist festgenommen worden."

Schulz drückte Rumplers Hand mit erstaunlicher Kraft,

„diese Maria Valsky ist eine gescheite Person."

Mit einem kleinen Augenzwinkern fuhr er fort,

„und schön ist sie auch noch."

Rumpler, ebenso überrascht wie froh über dieses unerwartete kleine Lebenszeichen eines schwer Kranken, konnte beides nur bestätigen. Er stellte Moser vor, der Schulz auf die bevorstehende ärztliche Untersuchung vorbereitete.

„Endlich", seufzte Schulz, „ich hab immer das Gefühl gehabt, dass mit meinen Medikamenten was nicht stimmt. Jetzt werde ich erfahren, was für einen Giftcocktail mir die verpasst haben."

Er lehnte sich erschöpft im Bett zurück.

Schon wieder läutete Mosers Telefon. Diesmal waren es die Kollegen, die vom Haus von Dr. Rodriguez anriefen. Er war nicht angetroffen worden und nach Aussage seiner Frau mit dem Auto unterwegs.

„Was? Mit dem Maserati? Der fällt wenigstens auf. Er wird sofort zur Fahndung ausgeschrieben. Dringender Tatverdacht. Ich komm dann zu euch, weil ich will gleich mit seiner Frau sprechen.“

40.

Als Moser bei der gesuchten Adresse einlangte, war es bereits dunkel. Er staunte er über das feudale Anwesen. Schon die mit einer Kombination von großen Natursteinblöcken und Beton gestaltete Toreinfahrt war eindrucksvoll und der moderne zweistöckige Bau hatte gewaltige Ausmaße. Der Vorraum war eigentlich eine Eingangshalle, mit indirekter Beleuchtung und einer ganzen Reihe abstrakter Gemälde an den Wänden. Alles wirkte sehr gediegen, strahlte aber auch eine gewisse Kälte aus. Als Moser die Halle durchschritt, kam ihm einer seiner Kollegen entgegen, der ihn in halblautem Ton informierte,

„gut, dass du da bist. Sie ist sehr aufgeregt und macht sich auch Sorgen um ihren Mann."

„Ist er noch nicht aufgetaucht oder hat er sich gemeldet?"

„Nein, wir wissen nicht, wo er ist. Eine Handyortung haben wir veranlasst, die Ergebnisse sollten jeden Moment kommen."

„Ok, bestens, ich red einmal mit ihr."

Er wurde in einen Wohnraum von riesigen Dimensionen geführt, zu einer Sitzgarnitur, die mit dunkelgrauem Büffelleder bespannt war. Sie saß auf einem Fauteuil, zusammengekauert, in eine Decke gehüllt, die Hände um die Knie geschlungen wie ein verängstigtes Kind. Sie sah ihm mit weit aufgerissenen ängstlichen Augen entgegen, während er sich vorstellte,

„bitte entschuldigen Sie die späte Störung, Frau Dr. Weitensthal-Rodriguez. Mein Name ist Moser, ich leite die Ermittlungen betreffend die Vorkommnisse in der Klinik."

„Bitte setzen Sie sich doch. Könnten Sie mich endlich informieren, was da vor sich geht? Ihre Kollegen haben nur Andeutungen gemacht."

„Wir stehen erst am Anfang der Ermittlungen, aber es geht um schwerwiegende Vorwürfe betreffend Verbrechen gegen Leib und Leben im Rahmen der Klinik. Diese Vorwürfe richten sich

sowohl gegen das Pflegepersonal als auch gegen Ihren Mann als ärztlichen Leiter der Klinik."

Sie richtete sich entrüstet auf, ihr Ton wurde scharf,

„wenn dort tatsächlich etwas vorgefallen sein sollte, hat er sicher nichts damit zu tun. Er hat sich immer nur wissenschaftlich mit dem Thema der Demenz beschäftigt, aber mit den praktischen Fragen des Betriebs hat er überhaupt nichts zu tun."

Moser hatte das Gefühl, dass sie noch etwas zu sagen hatte und blickte sie schweigend an. Schließlich ertrug sie die Stille nicht länger,

„mein Mann ist sicher unschuldig. Falls wirklich in der Klinik was nicht stimmt, ist nur diese entsetzliche Frau daran schuld."

„Wen meinen Sie?"

„Diese Vesna Kostic, eine Serbin. Sie hat die Leitung über das Pflegepersonal in der Villa und sie hat auch die Spendengelder für die Stiftung, die mein Mann ins Leben gerufen hat, aufgebracht. Dadurch ist er überhaupt mit ihr in Kontakt gekommen. Er hätte sich nie mit ihr einlassen dürfen."

„Meinen Sie, dass er mit ihr …" er zögerte kurz „… mehr als nur eine berufliche Verbindung hatte?"

Sie sah ihn entgeistert an,

„niemals. Sie war unter seinem Niveau, aber über die Stiftung hat sie doch einen gewissen Einfluss gehabt."

Moser waren in seiner langen Laufbahn bei der Kripo schon viele solche Beziehungen, die „unter dem Niveau" der Betreffenden lagen, untergekommen.

„Wir haben eine glaubwürdige Zeugenaussage, dass Ihr Mann Vesna Kostic leidenschaftlich geküsst hat."

Sie fuhr empört auf,

„wer behauptet so was? Das ist eine infame Lüge."

Er beschloss, das Thema zu wechseln, ohne ihre Frage zu beantworten,

„es tut mir leid, Ihnen diese Aufregung nicht ersparen zu können. Haben Sie vielleicht eine Ahnung, wohin Ihr Mann gefahren sein könnte? Gibt es von ihm bevorzugte Strecken oder Orte?"

„Wenn er Stress abbauen musste, ist er gerne kurvenreiche Bergstrecken gefahren, aber wo er genau war, weiß ich nicht.“

Mosers Kollege gab ihm einen Wink, er entschuldigte sich und sie gingen ins Nebenzimmer,

„wir haben schon erfolgreich eine Handypeilung gemacht. Der Wagen steht auf dem Ochsattel, ein Stück hinter der Kalten Kuchl. Weißt eh, wo auch die Motoradfahrer wegen der engen Kurven gern fahren.“

„Habts probiert ihn anzurufen?“

„Bis jetzt nicht, weil wir wollten ihn nicht aufscheuchen. Eigentlich sollte er ja noch nichts von unserer Aktion in der Klinik wissen. Die Kollegen sind schon zum Ochsattel unterwegs und sollten sich jeden Moment melden.“

Moser runzelte die Stirn. Der auf offener Strecke stehende Wagen war kein gutes Zeichen. Im selben Moment läutete auch schon sein Telefon,

„Herr Kommissar Moser? Obermüller hier, wir sind jetzt beim gesuchten Fahrzeug. Der Fahrer ist tot, das Fahrzeug ist unbeschädigt. Er hat eine Spritze in der Hand.“

Ähnliches hatte er befürchtet,

„Ok, danke. Ich schick die Spurensicherung hin, die soll sich das ganz genau anschauen. Bis dahin nichts verändern.“

„Ist klar. Aber wir mussten das Auto öffnen, um zu sehen, ob er noch lebt und Hilfe braucht oder schon tot ist.“

Er räusperte sich verlegen,

„vielleicht ist das ja unwichtig, aber wie wir hineingeleuchtet haben, haben wir zwei oder drei Wespen im Wageninneren gesehen.“

„Danke. Ich geb das der Spurensicherung durch. Wenn sie einen ersten Eindruck haben, sollen sie mich sofort anrufen. Egal wie spät es ist.“

„Wird gemacht.“

Moser seufzte. Oft schon hatte er Todesnachrichten überbringen müssen und immer noch war es schwer für ihn; trotz seiner sonstigen Abgebrühtheit und Routine konnte er sich nicht damit

abfinden. Er ging wieder ins Wohnzimmer. Sie sah ihm entgegen und während er näherkam, spürte er, dass sie es bereits wusste, es war wohl aus seinem Gesicht zu lesen. Sie krallte ihre Hände in die Armlehnen des Fauteuils,

„was ist mit ihm?"

„Es tut mir sehr leid, aber Ihr Mann ist tot."

Sie sog scharf die Luft ein, ihr Mund bebte,

„hat er einen Unfall gehabt?"

„Es sieht nicht danach aus. Sein Auto ist unbeschädigt. Zur Todesursache können wir derzeit noch nichts sagen, aber wir ermitteln in alle Richtungen."

Jetzt war es so weit. Die Tränen, die sich in ihr aufgestaut hatten, kamen in langen Schüben, es war ein verzweifeltes Schluchzen, das aus ihr hervorbrach. Moser gab ihr Zeit, sein Kollege hatte ihr ein Glas Wasser aus der Küche gebracht, sie machte einen Schluck. Ihre Hand zitterte so stark, dass sie etwas Wasser verschüttete, als sie das Glas auf dem marmornen Beistelltisch abstellte,

„danke".

„Sollen wir vielleicht einen Arzt verständigen, der Ihnen ein Beruhigungsmittel gibt?"

Ihre Stimme war tonlos,

„danke, das ist nicht nötig. Ich habe Pharmazie studiert und kann mir selbst helfen."

Diese Bemerkung trug nicht zu Mosers Beruhigung bei. Ganz im Gegenteil.

„Oder wollen Sie jemand aus Ihrer Verwandtschaft oder eine Freundin verständigen, damit Sie nicht allein sein müssen?"

Sie nickte müde,

„das werd ich tun. Ich ruf die Reni an."

Obwohl es ein wenig dauerte, bis abgehoben wurde, war schon nach einem kurzen Gespräch klar, dass Reni kommen und bei ihr übernachten würde. Eine treue Freundin, keine Frage. Moser war erleichtert, teilte ihr mit, dass sein Kollege bis zum Eintreffen ihrer Freundin noch hierbleiben würde und verabschiedete

sich. Als er vor das Haus trat, sah er den prachtvollen Sternenhimmel und atmete durch. Die frische kalte Nachtluft tat ihm gut.

41.

Magister Kneifig hatte in aller Eile eine Pressekonferenz einberufen. Die Schießerei im Bereich der Klinik war nicht unbemerkt geblieben, auch die Polizeiaktion hatte Aufmerksamkeit erregt und die Presse hatte davon Wind bekommen. Es war ein gewaltiges Medienecho zu erwarten, schon aufgrund der wichtigsten Elemente dieses Falls. Da war zunächst die bisher über jeden Zweifel erhabene Klinik, an der sich das Geschehen abgespielt hatte, ein weithin bekannter, sehr attraktiver Arzt, der unter mysteriösen Umständen in seinem Sportwagen ums Leben gekommen war, eine steinreiche trauernde Witwe, eine zweite Frau, intelligent und sehr attraktiv, unter Mordverdacht, eine ihrer Angestellten, die auf der Flucht versucht hatte, sich den Weg freizuschießen – genug Material für eine großartige Geschichte. Dazu kam, dass Kneifig in nächster Zeit vorhatte, sich für eine gehobene Stelle im Innenministerium zu bewerben und dieser schwierige, in kurzer Zeit gelöste Fall erschien ihm als die beste Voraussetzung für einen diesbezüglichen Erfolg. Dass Moser bei der Pressekonferenz auch anwesend war, störte Kneifig kaum.

Nachdem er die zahlreich erschienenen Journalistinnen und Journalisten über den Fall in seinen Grundzügen informiert hatte, lud er zu Fragen ein. Zur mutmaßlichen Todesursache von Dr. Rodriguez verwies Kneifig auf die noch laufenden Untersuchungen, deutete jedoch an, dass sich hier bereits ein Mordverdacht verdichtete. Ein Reporter fragte ihn, ob es nicht schwierig gewesen sei, gegen eine so prominente Institution und einen ebenso prominenten ärztlichen Leiter eine Untersuchung zu führen. Kneifig war auf diese Frage vorbereitet, er hatte sie vorweg abgesprochen, weil ihm der Fragesteller noch einen Gefallen schuldig gewesen war,

„ja, ich muss zugeben, es war wirklich schwierig. Die Demenzklinik war in vieler Hinsicht ein Vorzeigebetrieb und

Dr. Rodriguez hatte ausgezeichnete Kontakte im In- und Ausland. Aber..." er legte beide Hände vor sich flach auf den Tisch und zugleich, wie er meinte, etwas Stählernes in seinen Blick, „wir lassen uns bei unseren Ermittlungen von einem einzigen Grundsatz leiten. Vor dem Gesetz sind alle gleich. Natürlich war es ein hohes Risiko, eine Exhumierung vornehmen zu lassen, weil der Erfolg zunächst mehr als zweifelhaft war. Aber hier war für mich das Wohl der noch in der Klinik anwesenden Patienten maßgeblich. Wenn unser Verdacht stimmte, dann waren sie hilflos ihrer mörderischen Umgebung ausgeliefert. Ich habe daher das Risiko auf mich genommen und persönlich diese Exhumierung angeordnet, es wurde ein Volltreffer und den Rest hat dann mein Team erledigt."

Nach diesem beeindruckenden Vortrag ließ er seinen Blick stolz in der Runde schweifen, bis er jenen von Moser traf, der aber zu Kneifigs Beruhigung nicht etwa empört, sondern eher naiv-bewundernd zu ihm aufsah. Gut so. Moser war wohl einfach zu blöd, um ihm ernsthaft Kontra zu bieten.

Die weiteren Fragen beantwortete Kneifig routiniert, wenn auch nicht so ausführlich. Schließlich war die Pressekonferenz vorbei, es war alles in allem ein großartiger Erfolg. Kneifig ging erhobenen Hauptes aus dem Saal, die Reporter standen noch in Grüppchen beieinander, während Moser zu ihm aufgeschlossen hatte,

„na, Moser, da hab ich Sie doch schön drangekriegt."

„Wie meinen Sie das, Herr Magister Kneifig?"

„Ich kenn doch Ihren Widerspruchsgeist. Es war mir immer klar, dass Sie nur dann bezüglich der Obduktion spuren, wenn ich sie Ihnen verbiete. Und das hat dann wunderbar geklappt. Natürlich haben Sie das nicht durchschaut."

Moser blickte ihn bewundernd an,

„Respekt, Herr Magister. Sie haben es wieder einmal geschafft, mich zu überraschen."

Er zögerte ein wenig, bevor er fortfuhr,

„aber ich habe diesmal auch eine Überraschung für Sie."

Während Kneifig ihn fragend ansah, aktivierte Moser auf seinem Mobiltelefon das Abspielen einer Tonaufzeichnung. Sofort war die kreischende Stimme Kneifigs zu hören,

„...ich habe doch ausdrücklich die Exhumierung von Richter verboten. Und was machen Sie? ...“

Die weit hinter ihnen gehenden Journalisten hoben die Köpfe. Kneifig war kreidebleich geworden, seine Augen traten fast aus ihren Höhlen,

„Moser, wollen Sie mich vernichten?“

Moser legte seinen Kopf schief und sah ihn prüfend an,

„also wenn Sie mich so fragen...“

Die am Mobiltelefon aufgezeichnete Stimme Kneifigs kreischte weiter,

„ich häng Ihnen noch ein Disziplinarverfahren an ... ich habe mit der Exhumierung vom Richter nichts zu tun ...“

Die Journalistengruppe hatte sich in Laufschritt gesetzt, aus einem professionellen Reflex heraus, sie war jetzt in Hörweite, alle witterten eine spannende Fortsetzung der Geschichte. Als sie schon fast herangekommen waren verstummte das Gekreisch ebenso plötzlich wie es begonnen hatte.

„Was war denn das jetzt?“

Moser drehte sich um und grinste,

„ein kleiner Scherz.“

Kneifig, dessen Haut mittlerweile einen leicht grünlichen Anflug zeigte, eine Moser bislang an ihm unbekannte Farbschattierung, stammelte,

„genau. Nur ein Scherz.“

Die Journalisten zeigten zweifelnde Mienen, mussten aber schließlich unverrichteter Dinge abziehen. Moser schlug Kneifig jovial auf die Schulter, so kräftig, dass dieser einknickte,

„sehen Sie, das freut mich sehr. Jetzt hab ich Sie auch einmal überrascht. Schönen Tag noch, Herr Magister.“

Beschwingt eilte Moser davon und ließ den fassungslosen und wie vom Donner gerührten Kneifig hinter sich.

42.

Die Verhöre von Vesna Kostic gestalteten sich schwierig. Wahrscheinlich wäre gar nichts aus ihr herauszubringen gewesen, hätte nicht Malina Ilic nach einer stundenlangen Befragung die Nerven weggeworfen und ein umfassendes Geständnis abgelegt, in dem sie ihre ehemalige Chefin stark belastete. Ilic gestand, Werner Böhnig über die Treppe gestoßen zu haben, auf Anweisung von Kostic. Ilic gab darüber hinaus zu, die Waffe, mit der sie den Polizisten angeschossen hatte, von ihr bekommen zu haben. Was aber noch viel schwerer wog, war die Aussage, dass Kostic, Komplizin und Geliebte von Dr. Rodriguez, Zugang zu seinem sonst strikt verschlossenen Medikamentenschrank hatte und gelegentlich auch den Patienten selbst Medikamente gespritzt oder über Infusionen verabreicht hatte. Die Übergabe der Waffe an Ilic gestand Kostic, ebenso, dass sie gelegentlich auch Medikamente verabreicht habe, aber immer nur auf genaue Anweisung von Dr. Rodriguez und ohne zu wissen oder zu hinterfragen, um welche Mittel es dabei ging. Mit dem Sturz von Böhnig habe sie nichts zu tun, das habe Ilic aus eigenem Antrieb gemacht. Moser ging die entsprechenden Protokolle nochmals durch, bevor er Kostic erneut befragte,

„Frau Kostic, Sie haben angegeben, dass es Ihnen bei der Auswahl der Patienten darauf angekommen sei, möglichst viel Geld für die Stiftung aufzubringen."

Sie sah ihn kühl an,

„ja, das ist richtig."

„Heißt das, dass es von Ihrer Seite keine persönliche Bereicherung gegeben hat?"

„Ja, das trifft zu."

„Und was ist mit dem Hausrat geschehen, wenn die Häuser und Wohnungen verkauft wurden? Da könnten ja auch wertvollere Gegenstände dabei sein, Gemälde oder ähnliches?"

„Das meiste war wertloser Plunder. Das, was sich verkaufen ließ habe ich verkauft, aber der Erlös hat kaum gereicht, um meinen eigenen Aufwand zu decken.“

„Dann muss Ihr eigener Aufwand aber ungewöhnlich hoch gewesen sein.“

„Wie meinen Sie das?“

Moser ignorierte ihre Frage und fuhr fort,

„was können Sie mir über die Briefmarkensammlung von Herrn Böhnig sagen?“

Sie lächelte maliziös,

„wenn Sie mich nach etwas fragen, das Sie ohnedies schon wissen, brauche ich überhaupt nichts mehr zu sagen.“

„Gut, lassen wir das. Was wissen Sie über die Insektenstich-Allergie von Dr. Rodriguez?“

„Er hat mir davon erzählt, schon bald nachdem wir uns kennengelernt haben, und im Auto hat er mir auch gezeigt, dass er immer ein Injektionsset dabei hat, falls was passiert. Wieso ist das wichtig?“

„Haben Sie einen Schlüssel zu seinem Maserati?“

„Ja, er hat mir einen überlassen und ich konnte den Wagen nach Absprache mit ihm auch nutzen.“

„Haben Sie ihm gelegentlich etwas ins Auto gelegt, eine Nascherei zum Beispiel?“

„Ja, manchmal habe ich das gemacht. Aber was soll das alles?“

„Vielleicht Florentiner?“

„Ja, das war seine Lieblingsnascherei.“

„Ich muss Ihnen mitteilen, dass Dr. Rodriguez tot ist.“

Äußerlich blieb sie noch immer ruhig, aber ihre Augen hatten sich verengt. Ihr Atem ging schneller, ihre Stimme klang gepresst,

„wie ist das passiert?“

„Das wollte ich Sie fragen.“

„Ich weiß das doch nicht.“

„Dann werde ich es Ihnen sagen. In seinem Wagen war ein Säckchen mit Florentinern und darin waren offensichtlich einige

Wespen eingeschlossen, die ihn gestochen haben."

Ihr Blick wurde starr,

„ich war das nicht. Ich habe das nicht ins Auto gelegt."

„Die Stiche hätte er ja vielleicht noch verkraftet, aber der Autoinjektor, den er für den Notfall mithatte, ist manipuliert worden."

Ihre Stimme war unsicher geworden,

„er muss Selbstmord begangen haben."

„Das glauben Sie doch selbst nicht. Wenn er das vorgehabt hätte, hätte gerade er als Arzt sicher einen einfacheren und auch weniger qualvollen Weg gefunden, sich das Leben zu nehmen, als zuerst eine Allergie auszulösen und sich dann ein falsches Mittel zu spritzen."

„Ich habe nichts mit den Florentinern und den Wespen zu tun."

„Dann sagen Sie mir doch einmal, ob das Ihre Handschrift ist. Wir haben diese Nachricht von Ihnen an Dr. Rodriguez im Auto gefunden."

Moser fischte einen Klarsicht-Beutel aus einer Schublade und hielt ihn ihr hin. Aus ihrem Gesicht wich jede Farbe. Als sie endlich antworten konnte, hatte ihre Stimme jeden Klang verloren,

„ich sage überhaupt nichts mehr."

43.

Rumpler war schon im Café Rathaus als Moser eintraf. Wie immer hatte dieser seine speckige Aktentasche bei sich, ebenso bauchig wie er selbst und genauso gespannt wie sein traditionell zugeknöpftes Sakko. Mit einem Seufzer ließ er sich in seinen Sitz fallen,

„servus, Hans. Es geht rund bei uns."

„Servus, Stinker. Das kann ich mir vorstellen. Wie weit seid ihr denn bei den Vernehmungen gekommen und was haben die kriminaltechnischen Untersuchungen ergeben?"

„Am besten fang ich beim Dr. Rodriguez an. Er ist wahrscheinlich ermordet worden. Von den Wespen und seiner Allergie hab ich dir ja erzählt. Der Autoinjektor, den er für solche Fälle im Auto gehabt hat, ist wahrscheinlich manipuliert worden. Das ist schwierig, aber du weißt eh, wenn wer geschickt ist und genug kriminelle Energie hat, könnte das gelingen. Das Gegenmittel, das er sich spritzen wollte, ist im Körper nicht nachweisbar gewesen und daher vermutlich ausgetauscht worden. Statt Adrenalin war in der Ampulle mit ziemlicher Wahrscheinlichkeit eine hochdosierte Menge Insulin. Gemeinsam mit der allergischen Reaktion eine tödliche Kombination. Im Körper ist das Insulin kaum nachweisbar, aber wir haben Indizien. Die Kostic hat zugegeben, dass sie Zugang zum Medikamentenschrank hatte, es war Insulin im Schrank, einige Ampullen haben gefehlt. Die zweite Beschuldigte, die Ilic, die den Bauer angeschossen hat, hat das bestätigt. Sonst hat die Kostic nichts mehr gestanden, sie verweigert jede weitere Aussage, aber das spielt eigentlich keine Rolle. Wir haben eine schriftliche Nachricht von ihr an Rodriguez im Auto gefunden, in der sie ihm zu den Florentinern, die samt Wespen im Auto deponiert waren, guten Appetit wünscht. Was will man mehr?"

„Ja, das wars dann wohl. Da wird sich sogar ein geschickter

Anwalt schwertun. Habt ihr schon einen Überblick über die kriminelle Vereinigung insgesamt?“

„Ja, einen sehr guten. Die Aussage von Arjeta hat da sehr geholfen, dazu auch die Recherchen von Sonja und Max, die wir hintennach pro forma natürlich nochmals gemacht haben, die aber in allen Details gehalten haben. Aber etwas Interessantes ist noch neu dazugekommen.“

„Und was ist das?“

„Die umfassenden Vollmachten der Opfer mussten ja teilweise notariell beglaubigt werden und Notare sind ihrer Natur nach vorsichtig und misstrauisch. Es wurden also seitens der verschiedenen Notare immer entsprechende Gutachten angefordert, die bestätigen mussten, dass das jeweilige Opfer zum Zeitpunkt der Unterschriftsleistung im Vollbesitz der geistigen Kräfte war.“

„Aha. Und mit den Gutachtern war wahrscheinlich etwas faul.“

„Ganz genau. Die Kostic hat immer auf denselben Gutachter zugegriffen und es hat sich herausgestellt, dass er knapp nach den jeweiligen Gutachten, insgesamt war das dreimal der Fall, fünfstellige Eurobeträge auf sein Konto eingezahlt hat.“

„Und hat der Gutachter gestanden?“

„Nein. Ich hab ihn ordentlich in die Zange genommen, aber er bestreitet, dass er von der Kostic zusätzlich zum üblichen offiziellen Honorar noch Geld bekommen hat. Er behauptet, er hätte das Geld im Casino gewonnen.“

„Und habt ihr den Mirko Jovanovic erwischt, der die Gelder an die Angehörigen der Pflegerinnen verteilt hat?“

„Ja, erstaunlicher Weise. Ich hab eigentlich gedacht, er hätt schon irgendwie Wind von der Sache bekommen und wär untergetaucht. Er ist mit einem internationalen Haftbefehl gesucht worden und in Italien, und zwar in Mailand, gefasst worden. Die Kostic hat ihn nicht mehr warnen können, als wir sie festgenommen haben und wir hatten ja über ihr Mobiltelefon seine Daten.“

„Super. Hat ihn die Arjeta wiedererkannt? Ihr habts ihr ja sicher Fotos von ihm gezeigt.“

„Ja, klar. Sie hat bestätigt, dass er es war, der in einem Hinter-

hof versucht hat, sie zu vergewaltigen, bis dann die Kostic als Retterin in der Not erschienen ist."

„Eine ziemlich ausgetüftelte Inszenierung, die sie sich da ausgedacht haben. Aber das Kennenlernen der Opfer war ja auch nicht ohne."

Sie wurden vom Kellner unterbrochen, der sie nach ihren Wünschen fragte. Rumpler bestellte eine Melange und dazu ein paar Sacherwürstel mit Senf und Kren, um die erfolgreiche Lösung des Falls ein bisschen zu feiern. Moser war nach Schärferem zumute,

„mir bringen S' bitte eine Gulaschsuppe mit einem Semmerl."

Mit einem leisen Bedauern, auf ein Bier aus dienstlichen Gründen verzichten zu müssen, fügte er hinzu,

„und ein Mineral."

„Kommt sofort."

„Danke."

Moser wandte sich wieder Rumpler zu,

„ich hab dir ja noch gar nicht erzählt, dass der Becker wieder in der Klinik arbeitet. Ich hab ihn dort vor ein paar Tagen getroffen. Die Angehörigen von den Patienten dürften erfolgreich zu seinen Gunsten interveniert haben."

„Das freut mich für ihn. Und für die Patienten. Ich glaub, er macht die Betreuung sehr gut".

„Das denk ich auch. Wie geht es eigentlich der Frau vom Rodriguez? Das muss alles furchtbar für sie sein."

„Ja, nach dem, was mir die Alma erzählt hat, ist es das. Sie dürft sich aber irgendwie weigern, die Realität zu akzeptieren und hält ihren verstorbenen Mann für völlig schuldlos."

„Ich versteh. Ich hoff sie kommt gut durch diese Krise und tut sich nichts an."

„Die Alma und die Reni, eine gemeinsame Freundin, kümmern sich intensiv um sie."

„Gut. Diese Reni ist damals auch gleich zu ihr gekommen, als ich sie vom Tod ihres Mannes verständigt hab."

Moser machte eine kleine Pause, dann fuhr er etwas leiser fort,

„eigentlich bin ich ja schon lang genug im Dienst und sollt an so was gewöhnt sein, aber es gelingt mir noch immer nicht. Sie hat mir so leidgetan, als ich ihr die Nachricht hab überbringen müssen."

Rumpler nickte,

„ja, das ist immer furchtbar."

„Ich hab das Gefühl gehabt, für sie ist eine Welt zusammengebrochen. Ist sie ja auch, irgendwie."

Mittlerweile waren die Getränke eingelangt. Moser machte einen Schluck, räusperte sich und fuhr fort,

„gegen die Kostic haben wir jetzt reichlich Beweismaterial und Zeugenaussagen. Wir werden zwar nie ganz klären können, welche Rolle Rodriguez wirklich gespielt hat, weil jetzt, wo er tot ist, versucht sie natürlich, ihm so viel wie möglich in die Schuhe zu schieben. Das spielt aber keine Rolle mehr. Sie hat auch so genug am Kerbholz. Ich bin sicher, sie wird verurteilt. Das ist auch wirklich wichtig, denn sonst müssen wieder ein paar alte gutgläubige Männer daran glauben und werden von ihr abgezockt."

„Das seh ich auch so. Eigentlich erstaunlich, wie lange wir überhaupt nichts in der Hand gehabt haben. Erst die Exhumierung vom Richter hat Schwung in die Sache gebracht, aber dann ist es Schlag auf Schlag gegangen."

Bei der Erwähnung der Exhumierung lachte Moser kurz auf, er hatte wohl das Bild von Kneifig nach der Pressekonferenz vor Augen.

Rumpler sah ihn fragend an und Moser freute sich, ihm den gelungenen Streich mit allen Details zu erzählen. Gleich darauf läutete sein Telefon, er horchte kurz und konzentriert und wandte sich dann an Rumpler,

„ein neuer Fall. Männliche Leiche, im Zweiundzwanzigsten, es besteht Mordverdacht. Ich muss weg."

„Machs gut, Stinker. Die Rechnung übernehm ich."

„Danke, Hans."

44.

Es war bereits zehn Uhr abends, als Rumpler und Alma endlich Gelegenheit fanden, in Ruhe miteinander zu sprechen. Sie saßen im Innenhof, gegen die Nachtkühle mit Decken ausgestattet, wobei Rumpler eine zusätzliche Decke für Rosamunde mitgenommen hatte, die von ihr auch alsbald beansprucht wurde. Alma kam ihm ziemlich erschöpft vor, kein Wunder nach so einem Tag. Sie hatte zunächst lange in der Ordination gearbeitet und war dann zu Isabella gefahren, um dort Reni abzulösen, die bis dahin die Betreuung ihrer Freundin übernommen hatte. Alma schwieg lange und Rumpler hütete sich, sie zu stören. Schließlich nahm sie seine Hand,

„danke, Lieber. Das hat mir jetzt gutgetan, einfach dasitzen und durchatmen."

„Das war ein harter Tag für dich."

„Ja, das war er wirklich. In der Ordination ist einiges zusammengekommen und bei Isabella ist es für mich auch immer anstrengend."

„Hast du vielleicht mit Reni sprechen können, wie es Isabella geht?"

„Ja, aber nur kurz. Isabella lebt nach wie vor in ihrer künstlichen Welt und hütet das Angedenken an ihren verstorbenen Mann wie einen Schatz. Das ist natürlich eine fragile Angelegenheit und kann jederzeit zusammenbrechen, aber für Argumente oder Beweise ist sie völlig verschlossen."

„Schwierig. Glaubst du, ist sie suizidgefährdet?"

„Ich glaub eher nicht. Sie sieht es wie ihre heilige Aufgabe an, den Ruf ihres Mannes zu schützen und zu verteidigen, und damit gibt sie ihrem Leben einen Sinn."

„Und kann sie über den Tod ihres Mannes sprechen?"

„Nein, überhaupt nicht. Sie erzählt ganz andere Dinge, von viel früher. Sie muss eine ziemlich schwierige Kindheit gehabt ha-

ben. Ihre Eltern sind beide früh verstorben und sie war dann als Kind bei ihrer Großmutter, irgendwo am Land, wo sich Fuchs und Hase gute Nacht sagen."

„Vielleicht hat ja der Schock über den Tod ihres Mannes dazu geführt, dass sie jetzt über solche Sachen sprechen kann."

„Das ist sehr gut möglich. Bei meinem Vater war es ähnlich. Er war ja Kriegsinvalide, hat aber nie über den Krieg gesprochen. Als aber dann sein jüngerer Bruder verstorben ist, den er sehr geliebt hat, hat er plötzlich begonnen, über seine Erlebnisse zu erzählen."

„Glaubst du, dass eine Psychotherapie für sie gut wäre?"

„Theoretisch ja, auf jeden Fall. Reni hat ihr das ohnedies schon vorgeschlagen, aber das lehnt Isabella vehement ab. Ich bin auch schon mit einem Versuch gescheitert. Isabella war da gleich eingeschnappt und hat gemeint, wenn uns, Reni und mir, die täglichen Besuche bei ihr zu viel werden, schafft sie das schon allein. So nach dem Motto ‚lasst mich nur im Stich'. Schwierig."

„Und wie macht ihr morgen mit der Betreuung weiter?"

„So wie heute. Reni übernimmt die Früh- und ich mach die Spätschicht. Nur, dass ich morgen keine Ordination hab. Ich werd mich ordentlich ausschlafen und am Vormittag eine große Nordic Walking-Runde im Wienerwald machen. Ich muss mich gründlich durchlüften."

„Das ist eine gute Idee."

Rosamunde war aufgestanden, dehnte und streckte sich und ging dann ins Haus. Alma sah ihr nach, Rumpler nahm sie in die Arme, sie spürten die beruhigende Vertrautheit, dann lösten sie sich voneinander, behutsam, um den Zauber des Augenblicks nicht zu gefährden,

„gute Nacht, Liebe."

„Schlaf gut, Lieber."

Der nächste Vormittag war für Rumpler zunächst mit Stress verbunden. Rosamunde musste zur Tierärztin, zu einer Blutabnahme. In ihrem doch schon beträchtlichen Alter war es angera-

ten, zumindest alle paar Monate ein so genanntes geriatrisches Blutbild machen zu lassen. Schon das Einpacken Rosamundes in den Transportbehälter war nicht ganz einfach. Sie war eine schlaue Katze und wusste natürlich sofort, dass etwas im Busch war. Rumpler hatte nämlich am Morgen die Katzenklappe nicht wie sonst üblich geöffnet und zudem die Türe zu seinem Schlafzimmer geschlossen, damit sie nicht die Möglichkeit hatte, sich in die für ihn schwer zugängliche Lade unter seinem Bett zurückzuziehen, in der Decken und Reservepolster verwahrt wurden. Beim Hineinschieben in den Behälter hatte sie nur lautstark protestiert, aber nicht zugeschlagen, was er ihr hoch anrechnete. Sein gutes Zureden zeigte bei ihr allerdings überhaupt keinen Erfolg. Während der etwa halbstündigen Fahrt beschwerte sie sich hörbar. Im Behandlungsraum wollte sie wie üblich nicht aus ihrem Behälter herauskommen, es bedurfte verschiedener Tricks, um ihrer schließlich habhaft zu werden. So saß sie dann als pelzige Kugel in dumpfem Brüten am Rand des Behandlungstischs und lehnte ein angebotenes Leckerli in großer Würde ab. Sie ließ sich aber dann doch die Schlinge zum Blutstauen anlegen, das Fell auf der Vorderpfote rasieren und das Blut abnehmen. Mit einem freundlichen Seitenblick auf Rumpler hatte die Tierärztin gemeint, er möge während der Blutabnahme vielleicht nicht hinschauen, gar nicht wenigen Tierbesitzern würde leicht schlecht, wenn sie Blut beim eigenen Tier sehen. Sicherheitshalber folgte er ihrem Rat und nach kurzer Zeit waren die nötigen Phiolen mit Blut gefüllt, ein kleiner Druckverband angelegt und Rosamunde wieder in ihren Behälter eingezogen, diesmal freiwillig, weil er ihr die künftige Freiheit verhieß. Rumpler bedankte sich bei der Tierärztin und ihrer Assistentin, bekam für Rosamunde ein Säckchen mit besonders guten Leckerlis mit und fuhr heim. Sie wusste genau, dass jetzt Proteste nicht mehr nötig waren und schwieg, bis zur letzten Kurve. Als Rumpler aber in die Parkbucht vor Almas Haus einbog, meldete sie sich, dass es jetzt allerhöchste Zeit wurde, sie zu entlassen. Das tat er denn auch, die Katzenklappe in den Hof wurde geöffnet, sie spazierte

in gemessener Würde aus ihrem Behälter und zog dann in den Garten. Rumpler atmete auf. Geschafft. Seinen kleinen Espresso, den er sich zum ‚Derfangen' gerichtet hatte, trank er in der Küche, er wollte Rosamunde noch etwas Zeit geben, ihren Zorn ausrauchen zu lassen. Als er gerade beim letzten Schluck war, kam sie herein, rieb sich an seinem Knie und forderte Futter. Sie war wieder versöhnt und er freute sich, wie gut es ihr schmeckte.

In der Küche hatte er eine Nachricht von Alma gefunden, die offenbar schon früher als geplant zu Isabella hatte fahren müssen, weil Reni wegen eines erkrankten Familienmitglieds dringend zu Hause gebraucht wurde. Rumpler war ziemlich sicher, dass Alma, die ihren Nordic Walking-Ausflug vorzeitig hatte abbrechen müssen, für ein ordentliches Essen keine Zeit mehr gefunden hatte. Er beschloss daher, für das sicher späte Abendessen eine Selleriesuppe zu machen. Nachdem er die fehlenden Zutaten besorgt hatte, eine Sellerieknolle, etwas Stangensellerie mit Grün und eine Birne, schwitzte er klein geschnittene Zwiebeln kurz an und fügte den gewürfelten Stangensellerie hinzu. Es wurde zwar später alles gemixt, aber er achtete darauf, dass möglichst viel Sellerie-Oberfläche vom guten Zwiebelaroma etwas abbekam und unterzog sich daher gern der Mühe, auch die Sellerieknolle klein aufzuschneiden. Das Grün verwahrte er in ein feuchtes Leinentuch eingeschlagen im Kühlschrank; es würde beim Servieren gemeinsam mit ein paar grob gehackten Walnüssen als Suppeneinlage dienen. Das endgültige Abschmecken mit Salz, Pfeffer, ordentlich Muskatnuss und etwas Zitronensaft würde er erst bei der Fertigstellung machen; auch ein Schuss Obers zur geschmacklichen Abrundung schien ihm angeraten.

45.

„Grüß dich, Almilein. So lieb von dir, dass du heute früher gekommen bist."

Alma war es in der Seele zuwider, Almilein genannt zu werden. Sie nahm aber diese Anrede, die Isabella in letzter Zeit immer häufiger verwendete, hin, ohne sich dagegen zu wehren, um sie nicht zu kränken.

„Hallo, Isabella, kein Problem. Die Reni hat mir geschrieben, dass bei ihr in der Familie wer erkrankt ist. Ich hoffe, es ist nichts Ernstes."

„Ich glaub, eines ihrer Enkelkinder hat im Kindergarten erbrochen und weil die Eltern so kurzfristig von der Arbeit nicht wegkonnten, hat sie die Kleine abgeholt."

Alma öffnete eine der kleinen Flaschen mit Tonic Water, die Isabella immer bereithielt.

„Ich brauch jetzt ein Tonic. Magst du auch eines?"

„Sehr gerne. Aber für mich bitte ein Bitter Orange."

Sie prosteten sich zu,

„wie geht es Dir heute und wie war die Nacht?"

„Ich hab wieder ganz viel geträumt, verrücktes Zeug, aus der Zeit, als ich noch ein Kind war."

„Erinnerst du dich an deine Träume?"

„Nur so in Bruchstücken. Ich hab wieder einmal von meiner Großmutter mütterlicherseits geträumt. Ich hab mich immer ein bisschen vor ihr gefürchtet, obwohl sie ja gut auf mich geschaut hat und mir die Eltern ersetzt hat. Aber im Traum war sie noch viel unheimlicher als in Wirklichkeit, sie ist durch endlose, finstere Keller geschlichen, ich hab sie dabei beobachtet und immer Angst gehabt, dass sie mich entdeckt. Sie hat dauernd vor sich hin gemurmelt und dort irgendwas gesucht und in einer Ecke eines Raums auch gefunden, aber ich hab nicht gesehen, was es war. Dann bin ich aufgewacht, schweißgebadet."

„Kein Wunder, das ist ja fast ein Alptraum."

Isabella atmete durch,

„ja, das war es."

„Du hast gestern erzählt, dass bei euch das Geld immer knapp war. Was war eigentlich mit dem Vermögen deines Vaters? Er war ja Großindustrieller und da hättest du doch aus dem Erbe heraus eine Unterstützung bekommen können?"

Isabella lachte bitter auf,

„ich hab das erst spät erfahren, aber mein Vater hat seine Schwiegermutter verachtet und auch richtig gehasst. Im Testament hat er daher verfügt, dass das ganze Vermögen erst bei meiner Volljährigkeit auf mich kommt. Vielleicht hätte meine Großmutter für mich vor Gericht eine Auszahlung erstreiten können, aber dazu war sie zu stolz."

„Und andere Kinder hat es auf dem Hof deiner Großeltern nicht gegeben?"

„Nein, da waren nur ein Knecht, zwei Mägde, mein fast immer betrunkener Großvater und die Großmutter. Sie hat es sicher nicht leicht gehabt."

„Das kann ich mir vorstellen."

„Ich hab als Kind auch hässliche Szenen mitbekommen. Die eine Magd, Anna hat sie geheißen, hat begonnen, dem Großvater schöne Augen zu machen. Er hat ihr dann einmal einen Schmuck geschenkt, der aber der Großmutter gehört hat, sie ist draufgekommen, war entsetzlich wütend und die Anna hat das Haus verlassen müssen. Wir haben nichts mehr von ihr gehört, bis einige Wochen später ihre Leiche im Karpfenteich ein paar hundert Meter hinter unserem Hof gefunden worden ist. Ich war dabei und hab gesehen, wie sie aus dem Wasser gezogen worden ist. Sie hat sich die Sache wohl zu Herzen genommen und hat Selbstmord begangen. Sie hat auch noch Geld und andere der Großmutter gestohlene Sachen bei sich gehabt. "

„Und du hast das alles als Kind mitgekriegt? Das ist ja furchtbar."

„Es war wirklich schlimm. Die Großmutter hat nur gemeint,

dass der Himmel für Gerechtigkeit gesorgt hat. Leid getan hat ihr die Anna überhaupt nicht."

„Und der Großvater?"

„Nachdem die Anna weg war, ist er immer jähzorniger geworden. Er hat ja auch schon früher oft zugeschlagen, vor allem wenn er betrunken war. Ich hab öfters Prügel von ihm bekommen und er hat dann auch begonnen, die Großmutter zu schlagen. Er ist aber dann bald gestorben. Das klingt jetzt sicher arg für dich, aber als Kind war ich richtig froh, dass er tot war."

„Ich versteh das gut. Als Kind bist du ja so einer Situation hilflos ausgeliefert."

„Ja, das ist wahr. Ich hab damals meine Großmutter bewundert, wie sie das alles ausgehalten hat. Sie war eine sehr starke Frau."

„Das sind alles sehr aufwühlende Erinnerungen. Ich hab einen Vorschlag für dich. Soll ich dir vielleicht den Nacken massieren, damit du etwas von dieser Schwere und Anspannung loswirst?"

Isabella strahlte,

„Almilein, du bist ein Engel. Weißt du, mein Trost ist, dass ich ganz sicher bin, dass mir der Alfonso immer treu war, da kann die Polizei sagen, was sie will. Es gibt keine Beweise für das Gegenteil und die so genannten Zeuginnen lügen wie gedruckt."

Alma beschloss, darauf nicht einzugehen, wozu auch, und konzentrierte sich darauf, mit sanft kreisenden Daumen den verspannten Bereich des Felsenbeins an Isabellas Hinterkopf zu bearbeiten.

46.

Für den Nachmittag hatte sich Rumpler einige Arbeiten im kleinen Innenhof vorgenommen. Ein großer Teil der zahlreichen Tulpen war bereits verblüht, in den Mauerecken hatte sich durch Wind und Wetter altes, verrottetes Laub angesammelt, das schöne steinerne Becken bedurfte dringend einer Reinigung. Mit den nötigen Gerätschaften ausgerüstet machte er sich ans Werk, begleitet von Rosamunde, die es liebte, mit ihm gemeinsam im kleinen Garten zu sein. Als er schließlich das aus schönen alten Ziegeln erbaute Hochbeet mit seinen Kräutern inspizierte, stellte er fest, dass die Pflanzen Wasser brauchten. An der Hauswand gab es eine große Regentonne, die dank eines herausklappbaren Teils der Dachrinne meist gut gefüllt war. Das kalkarme temperierte Regenwasser war den Pflanzen sehr zuträglich und so begann er, Salbei, Rosmarin und Thymian damit zu gießen, schön langsam und an verschiedenen Stellen, um nicht zu viel Erdreich wegzuschwemmen. Als er bereits fertig war und den Deckel der Regentonne wieder schließen wollte, bemerkte er, dass eine verunglückte Hummel mit den Beinen nach oben auf dem Wasser trieb. Nachdem sie sich überhaupt nicht bewegte, nahm er an, sie sei tot, stupste sie aber doch vorsichtig an – und siehe da, ein Bein bewegte sich. Also fischte er sie vorsichtig aus dem Wasser, ihr dichter Rückenpelz klebte am Körper, und er trug sie zu dem kleinen Marmortisch, an dem er meist seinen Kaffee nahm, damit sie in der Sonne trockne. Rosamunde hatte auch Interesse an der Aktion gefunden und erklärte sich bereit, mit ihrer Pfote zur Wiederbelebung der Ertrunkenen beizutragen. Das war Rumpler bei aller Wertschätzung für ihr Engagement aber denn doch zu viel des Guten, also trug er Rosamunde sicherheitshalber ins Haus, schloss die Katzenklappe und machte sich einen Espresso. Als er nach ein paar Minuten mit einem in Wasser aufgelösten Stückchen Zucker wieder hinausging, um der Hummel

eine Stärkung anbieten zu können, sah er zu seiner Freude, dass sie bereits auf dem Tisch umherkrabbelte, zunächst den einen, dann den anderen Flügel erprobte und sich plötzlich brausend erhob und wegflog. Er holte sich seinen Kaffee, auch Rosamunde durfte nun wieder heraus und er freute sich über die geglückte Rettungsaktion. Oft war es ein schmaler Grat zwischen Leben und Tod und so unbedeutend die Sache erscheinen mochte, sie machte ihn froh.

Er nahm einen Schluck Kaffee, es war dieselbe vorzügliche Sorte, die auch der Yeti hatte. Ein kluger alter Mann. Die etwas kryptische Bemerkung des Yetis betreffend das Damenendspiel fiel ihm ein. Eigentlich hatte aus Rumplers Sicht keine der beiden involvierten Damen einen Sieg davongetragen, sondern beide hatten verloren, Vesna, weil sie ihren Liebhaber ermordet und damit auch ihr eigenes Leben ruiniert hatte und Isabella, weil sie ihren Mann verloren hatte. Beim Schach gab es so etwas nicht, außer vielleicht in einer Pattsituation. Nach Schachbegriffen hatte aber Vesna das Gesetz des Handelns auf ihrer Seite, sie hatte den entscheidenden Zug gemacht, während Isabella die fatalen Auswirkungen ertragen musste. Also hatte doch Vesna die Partie gewonnen, auf eine verquere Weise. Rumpler sah nachdenklich zum Himmel hinauf, kleine Wölkchen zogen langsam vorbei, als er plötzlich eine leichte Übelkeit in sich aufsteigen spürte, eine gewisse Schwäche in den Knien, seine Sicht war ein wenig verschwommen. Er war sofort alarmiert, er kannte solche seltsamen Anwandlungen noch von früher aus seiner Berufszeit. Sie waren immer dann aufgetaucht, wenn ihm bewusst wurde, dass er etwas Entscheidendes übersehen hatte. Er schüttelte sich, setzte sich auf und atmete durch. Noch einmal dachte er das Damen-Endspiel durch, diesmal aber mit geänderten Vorzeichen. Plötzlich weiteten sich seine Augen vor Entsetzen. Vielleicht hatte er einen fatalen Fehler gemacht. Die Mosaiksteine des Bildes, das für ihn bisher eindeutig gewesen war, wirbelten wild durcheinander, um sich mit fürchterlicher Konsequenz wieder neu zu ordnen. Frau Dr. Rodriguez war aus-

gebildete Pharmazeutin, sie hatte Zugang zu Medikamenten und auch die Manipulation eines Autoinjektors war ihr zuzutrauen. Wahrscheinlich hatte sie die Liebesbriefe Vesnas entdeckt und einen davon dafür verwendet, Vesna den Mord zuzuschieben, den sie selbst begangen hatte. Und Alma war bei ihr.

47.

Almas Nackenmassage hatte bei Isabella ein kleines Wunder bewirkt, sie war eingeschlafen und lag entspannt auf der eleganten Designerliege. Gut so. Alma atmete auf und beschloss, in dem Zimmer ein wenig Ordnung zu machen. Sie entsorgte einen völlig verwelkten Blumenstrauß, schnitt bei einem noch frischen Strauß orangeroter Rosen die Stängel neu an und erneuerte das Wasser, trug das benutzte Kaffeegeschirr in die Küche und räumte den Geschirrspüler ein. Auch der Kühlschrank musste in Ordnung gebracht werden, vor allem in der Gemüselade war schon welker Salat sowie etwas Wurzelgemüse mit einem leichten Schimmelanflug. Sie räumte die Lade vollständig aus, wusch sie gründlich mit etwas Essigwasser und befüllte sie schließlich wieder. Anschließend lüftete sie das große Zimmer gründlich, das allein schon durch die düstere Möblierung bedrückend wirkte. Die frische Frühlingsluft und das Gezwitscher der Vögel, das von draußen zu hören war, halfen ihr, die depressive Grundstimmung, die in der Wohnung Isabellas vorherrschte, abzumildern. Das beharrliche Verleugnen Isabellas hinsichtlich irgendeiner Schuld ihres Mannes ging ihr nicht aus dem Kopf. Sogar, als sie erfahren hatte, dass Zeugen Vesna mit ihrem Mann eng umschlungen gesehen hatten, nahm sie das einfach nicht zur Kenntnis. Alma blickte auf Isabellas Schreibtisch und sah neben einer dunkelgrünen Ledermappe noch einen verschmutzten Teller. Sie wollte ihn eben in die Küche tragen, als diese aufwachte und sie unerwartet scharf ansprach,

„was machst du da an meinem Schreibtisch?“

Alma sah sie überrascht an,

„ich trage den Teller in die Küche. Was hast du denn gedacht?“

„Gar nichts, entschuldige bitte. Ich bin einfach so nervös, dass ich oft Sachen sage, die ich gar nicht so mein.“

„Kein Problem. Magst du vielleicht noch einen Kaffee?“

„Sehr gerne. Bitte wie immer, aber vielleicht mit ein bisschen mehr Milchschaum."

„Kommt sofort."

Während Alma sich in der Küche zu schaffen machte stand Isabella auf, ging zum Schreibtisch und hob die grüne Mappe an. Plötzlich stand Alma unerwartet in der Tür,

„magst du den Kaffee heute mit einem oder mit zwei Stück Zucker?"

Isabella fuhr so heftig zusammen, dass ihr die Mappe aus der Hand fiel. Eine Menge Briefe und Karten rutschten heraus. Alma war sofort bei ihr und bückte sich, um ihr zu helfen. Isabella stieß sie weg, ihr Ton war geradezu feindselig,

„nein, lass das. Ich bring das allein wieder in Ordnung."

Alma sah sie etwas befremdet an und gab ihr die Schriftstücke, die sie soeben aufgehoben hatte,

„entschuldige bitte, ich wollte dir ja nur helfen."

Isabella lachte etwas gekünstelt,

„das weiß ich ja, Almilein, aber wenn mir immer alle helfen, fühl ich mich wie eine Invalide. Ich habs doch nicht bös gemeint. Bitte, bitte sei wieder gut und lass uns Kaffee trinken."

„Passt schon, Isabella."

Während Alma in die Küche ging, wurde ihr klar, dass Isabella sie glatt angelogen hatte, als sie ihr gesagt hatte, dass es keinerlei Beweise für irgendeine Art von Untreue Alfonsos gäbe. In der Mappe waren Liebesbriefe gewesen, von Vesna unterschrieben, so viel hatte ihr der kurze Blick verraten, den sie auf das Konvolut beim Aufheben werfen konnte. Seltsam. Offensichtlich gab es für Isabella zwei verschiedene Welten, von denen sie die eine mit Gewalt verdrängte.

Sie stellte den Kaffee auf den Couchtisch und schob Isabella eine Tasse hin,

„lass ihn dir gut schmecken."

„Danke. Du dir auch."

Vor dem Kaffeetrinken schenkte sich Alma noch das restliche Tonic ein und machte einen großen Schluck. Die vorher stark

aufgeladene Stimmung war zu ihrer Erleichterung wieder verflogen, Isabella hatte einen entspannten, fast träumerischen Ausdruck angenommen. Während sie über Nichtigkeiten plauderten, fühlte Alma plötzlich, wie eine unerwartete Übelkeit und ein starkes Schwindelgefühl in ihr aufstiegen. Sogar das Sprechen fiel ihr schwer. Sie war sofort alarmiert,

„entschuldige mich bitte, ich muss auf die Toilette."

Sie griff nach ihrer Handtasche und ging leicht schwankend hinaus. Isabella blickte ihr besorgt nach, die Hand vor den Mund geschlagen, die Augen weit aufgerissen.

48.

Rumpler lief ins Haus, schnappte seinen Autoschlüssel und fuhr rasant los. Über die Freisprechanlage wählte er Becker an, der sich glücklicherweise sofort meldete,

„hallo, Herr Becker. Rumpler hier. Sind Sie in der Klinik?"

Becker klang etwas befremdet,

„ja, bin ich, aber ich hab nur ganz kurz Zeit, weil mein Dienst geht gleich los."

„Becker, das ist ein Notfall. ich brauch Ihre Hilfe, sofort. Gibt es eine Möglichkeit, dass Sie mir einen Zugang in die Villa, und zwar zur Wohnung von Frau Dr. Rodriguez verschaffen, ohne dass das wer merkt?"

„Da gibt es vielleicht eine Möglichkeit. Aber was ist eigentlich los?"

„Ich erklär es Ihnen, wenn ich da bin. Bitte entschuldigen Sie sich im Dienst und halten Sie sich bereit. Ich bin in einer halben Stunde bei Ihnen. Oder früher."

Becker hatte wohl die Verzweiflung und Anspannung Rumplers gemerkt, sonst hätte er sich nicht so kooperativ gezeigt,

„geht in Ordnung. Sie können mit mir rechnen."

Rumpler atmete auf,

„vielen Dank."

Als Rumpler bereits auf der Autobahn in der Nähe von Vösendorf war, deutlich schneller als erlaubt, wollte er Moser anrufen. Eben als er die Hand zum Display ausstreckte, wurde er selbst angerufen. Moser war dran. Rumpler rechnete mit dem Schlimmsten.

„Hallo, Hans. Tut mir leid, aber ich hab eine schlechte Nachricht für dich."

Ihm wurde es eiskalt,

„red schon."

„Wir haben vor etwa zehn Minuten einen Notruf von Almas

Handy bekommen. Aus der Villa. Es hat sich niemand gemeldet und das Handy ist gleich drauf abgeschaltet worden und ist seither nicht mehr erreichbar. Aber wir haben ja die automatische Handypeilung. Die Kollegen haben zum Glück von unserer seinerzeitigen Aktion in der Villa gewusst und mich deshalb rasch verständigt."

Rumplers Gefühl hatte also nicht getrogen.

„Seid ihr schon unterwegs?"

„Ja, klar. Ich brauch noch circa zwanzig Minuten."

„Dann bin ich schon vor euch da. Ich treff mich mit dem Becker und wir gehen sofort hinein."

In Anbetracht der furchtbaren Anspannung Rumplers verzichtete Moser darauf, nachzufragen, woher Rumpler von den Schwierigkeiten Almas bereits gewusst hatte,

„ist klar. Bis bald. Und alles Gute, Hans. Vor allem für Alma."

„Danke."

Rumpler war bereits von der Autobahn abgefahren und näherte sich mit weit überhöhter Geschwindigkeit der Villa. Er rief nochmals Becker an und traf ihn wie vereinbart am Parkplatz. Becker hatte einen kleinen Schlüsselbund dabei und zudem sogar eine Kopie vom Grundriss der Wohnung. Auch an einen kleinen Werkzeugkoffer hatte er gedacht, sicherheitshalber. Ein guter Mann. Er erklärte Rumpler anhand des Grundrisses kurz seinen Plan, dann liefen sie zu dem hinter einem Strauch verborgenen Hintereingang der Villa.

49.

„Tödlein, was hab ich getan? Ich wollt ihr das nicht geben."

Die Stimme des Tödleins klang nach einem heiseren Flüstern,

„du hast gar nichts getan. Sie schläft ja nur."

Isabellas Blick fiel auf Alma, die sie halb bewusstlos aus der Toilette gezerrt hatte und die nun mit einer Kamelhaardecke zugedeckt am Wohnzimmerteppich lag. Isabella hob ihren Kopf vorsichtig an und steckte behutsam ein Kissen darunter,

„Tödlein, wir dürfen ihr nicht wehtun. Was sollen wir denn jetzt mit ihr machen?"

„Sie muss weg. Sie ist gefährlich, sie hat alles durchschaut."

„Aber sie ist so lieb. Ich kann doch dem Almilein nichts antun."

„Du musst nichts tun. Ich tu es für dich, dann ist es ganz leicht."

Isabella brach in Tränen aus,

„das liebe, liebe Almilein."

Die Stimme des Tödleins wurde schärfer und klang plötzlich schrill,

„ihr Mann war Polizist und sie weiß jetzt alles. Sie würden uns trennen und vernichten."

„Aber du darfst ihr nicht wehtun."

Die Stimme des Tödleins war wieder leiser geworden,

„ich werde ihr nicht wehtun, ich verspreche es dir. Sie schläft schon und sie wird einfach weiterschlafen und nicht mehr aufwachen. Gib mir jetzt ihren Namen, dann kann ich dir helfen."

Isabella hob den kleinen Sarg vorsichtig auf und trug ihn zum Schreibtisch. Aus der Lade entnahm sie einen langen, dolchartigen Brieföffner mit extrem scharfer Spitze und begann, etwas in den Sargdeckel einzuritzen.

50.

Rumpler und Becker waren das enge hintere Stiegenhaus hinaufgeeilt und standen nun vor einer unauffälligen, schmalen Tür. Becker entnahm seiner Tasche eine kleine Sprühdose,

„Graphitspray. So wird das Schloss hoffentlich gängig und auch die Scharniere. Und natürlich auch die Türschnalle. Hier gibt es übrigens einen eigenen Schlüssel, der Universalschlüssel sperrt hier nicht, weil diese Türe nicht allgemein bekannt war."

Er steckte den Schlüssel behutsam ins Schloss. Erst nach zwei oder drei Versuchen ließ sich der Schlüssel mit etwas Mühe drehen und er drückte vorsichtig die Klinke. Die Tür ließ sich nur für einen etwa zehn Zentimeter breiten Spalt öffnen und klemmte dann am Boden. Sie hatte sich wohl im Lauf der Jahre etwas verzogen. Die Luft war abgestanden und stickig. Becker erklärte ihm flüsternd die Lage,

„wenn wir die Tür offen haben, sind wir in einem Raum hinter einer starken Holzwand mit Wandpaneelen, von denen sich eines öffnen lässt. Wenn wir Pech haben, kann das ganz schön knarzen. Der nächste Raum führt dann auf einen langen Gang, von dem man die Zimmer der Herrschaftswohnung erreicht".

Becker fischte aus seinem Werkzeugkoffer ein flaches, ziemlich breites Stemmeisen. Während er damit den unteren Türspalt Millimeter für Millimeter erweiterte, schob Rumpler vorsichtig an. Plötzlich gab die Tür nach und schwang nach innen. Rumpler erwischte sie gerade noch rechtzeitig, um ein lautes Geräusch zu verhindern. Im dem fensterlosen Raum war es stockfinster. Becker setzte sich eine Kopflampe auf. Er hatte wirklich an alles gedacht. Flüsternd wandte er sich an Rumpler,

„da vorne ist das Paneel."

Wieder kam der Graphitspray zum Einsatz. Becker betätigte vorsichtig einen Drehknopf und das Paneel schwang zu ihrer Erleichterung mit einem kaum hörbaren Knacken nach innen.

Licht flutete herein und blendete sie so stark, dass sie zunächst kaum etwas sehen konnten. Sie durchquerten den Raum und schlichen den erstaunlich langen Gang entlang, als sie ein eigentümliches Geräusch hörten, ein unheimliches Schaben und Kratzen. Rumpler fühlte, wie sein stumm geschaltetes Mobiltelefon vibrierte. Er blickte aufs Display. Moser war eingetroffen. Er nahm den Anruf nicht an und schrieb nur eine Nachricht,

„Hintereingang Bauer. Dritter Stock. Komm."

Das Geräusch kam offenbar aus dem Wohnsalon. Die breite Flügeltüre stand halb offen und Rumpler riskierte einen Blick. Er sah am Boden eine zugedeckte Gestalt liegen, die sich nicht bewegte. Beim Schreibtisch saß Isabella, die ein wenig kicherte,

„Alma ist ein guter Name. Nicht so schwierig wie Alfonso."

Sie kratzte und schabte, hüstelte und fuhr dann fort,

„und es wird ihr nicht wehtun?"

Der unerwartet hohe Singsang des Tödleins ließ den beiden Lauschern das Blut in den Adern gefrieren,

„es kann nicht wehtun. Es hat auch bei ihm geholfen."

„Dann ist es gut. Tödlein, ist es Zeit?"

Das Tödlein schrie schrill auf,

„es ist Zeit."

Dann war alles still, nur ein leises Knacken war zu hören, als Isabella bei einer Reihe von Glasampullen deren Spitze abbrach. Sie zog den Inhalt in eine große Spritze auf. Plötzlich hörte sie hinter sich ein Geräusch. Sie drehte sich um und erstarrte vor Schreck. Becker stand vor ihr und packte sie so fest an beiden Armen, dass ihr die Spritze aus der Hand fiel. Sie wimmerte nur,

„ich war das nicht. Ich hab nichts getan. Gar nichts. Das Tödlein wars."

Rumpler kniete neben Alma und fühlte ihren Puls. Er war schwach und etwas unregelmäßig, aber sie lebte. Vom Gang her waren Schritte zu hören,

„schnell, hierher ins Wohnzimmer. Wir brauchen Hilfe."

Moser stürmte mit zwei Polizisten ins Zimmer und wurde kurz ins Bild gesetzt. Isabella wurde festgenommen und abgeführt.

Becker telefonierte. Rumpler wandte sich an Moser,
„gut, dass ihr da seid. Wir brauchen dringend einen Arzt."
Becker hatte sein Telefonat schon beendet und winkte ab,
„wir haben hier im Haus eine ausgezeichnete Ärztin, Frau Dr. Ebner. Ich habe soeben mit ihr gesprochen. Sie ist schon unterwegs."
Rumpler, der noch immer Almas Hand hielt, blickte auf,
„danke, Becker. Für alles. Sie waren großartig".

Frau Dr. Ebner erwies sich als kompetent, freundlich und nervenstark. Nach einer raschen Untersuchung wandte sie sich Rumpler zu,
„das waren mit hoher Wahrscheinlichkeit Ko-Tropfen. Es besteht keine akute Lebensgefahr, aber in den nächsten Tagen kann es für Ihre Frau noch unangenehm werden, je nachdem wie hoch die Dosis war. Hinsichtlich der Erinnerung ist das für sie alles wie ein Filmriss – es bleibt tiefschwarz. Sie kommt auf jeden Fall zur Sicherheit ins Spital."
Eine Welle von Erleichterung und Dankbarkeit hob ihn hoch.
„Danke, vielen Dank, dass Sie so schnell gekommen sind."
Sie warf Becker einen Blick zu und lachte,
„wenn Robert Becker sagt, es ist dringend, dann ist das so. Also hab ich alles liegen und stehen gelassen und bin gekommen."
Becker grinste. Moser beugte sich über den Schreibtisch,
„Hans, schau Dir das einmal an. Das ist ja gruselig. Hast du so etwas schon einmal gesehen?"
„Gesehen nicht, aber ich hab darüber was gelesen. Das ist uralt, ein so genanntes Betrachtungssärglein; das kleine Skelett darin sollte den Menschen als Memento Mori immer ihre Sterblichkeit vor Augen führen."
Sie starrten auf das winzige Tödlein im offenen Sarg, auf dessen Deckel eine Reihe von schlecht lesbaren Namen eingeritzt war. Mittlerweile war auch die Spurensicherung eingelangt und nahm ihre Arbeit auf.

Für Alma war es tatsächlich so, wie Frau Dr. Ebner prognostiziert hatte. Ein paar Tage lang hatte sie die seltsame Wahrnehmung, in Watte gepackt zu sein. Noch viel unangenehmer war für sie der Gedächtnisverlust. Rumpler konnte ihr aber zumindest erzählen, was geschehen war. Nach drei Tagen konnte sie das Spital verlassen, nach einer Woche hatte sie endlich wieder das Gefühl, sie selbst zu sein. Rumpler und sie waren auf einer Wanderung bei den Myrafällen in der Nähe des Triestingtals, beide liebten Wasserfälle, das Glucksen und das Tosen des Wassers und den feinen belebenden Sprühnebel, der oft aufstieg. Sie drehte sich zu ihm hin,

„danke, Lieber, für mein Leben."

Er war so bewegt, dass er zunächst nichts antworten konnte und sie nur in die Arme nahm. So standen sie, eng umschlungen wie ein junges Liebespaar, für das die Zeit stillsteht. Als sie weitergegangen waren, kamen sie zu einem Platz, der zum Rasten einlud. Rumpler packte die Jausenbrote und die Thermoskanne aus.

„Ich hätt eine Frage, Liebe. Fährst du mit mir nach Irland?"

Sie strahlte,

„das wäre wunderbar. Ich war als Kind einmal für einen Sprachaufenthalt dort und es hat mir damals sehr gut gefallen."

„Ich freu mich. Lass mich alles vorbereiten, sag mir nur, wann es für dich wegen der Praxis passt und ich mach dir dann einen Vorschlag für die Reise."

Statt einer Antwort küsste sie ihn, so zärtlich und intensiv, dass sich der Boden unter seinen Füßen leicht zu bewegen schien und er sein Alter vergaß.

51.

Die kriminaltechnische Untersuchung hatte Ko-Tropfen in Almas Tonicflasche und ihrem Glas bestätigt, die aufgezogene Spritze hatte ein tödliches Quantum hochdosiertes Insulin enthalten, die Briefe Vesnas an Rodriguez waren sichergestellt worden und hatten die enge Zusammenarbeit der beiden hinsichtlich ihrer Opfer weiter untermauert, bei Isabella war eine schwere schizoide Persönlichkeitsstörung diagnostiziert worden. Die gründliche Hausdurchsuchung hatte im Müllsack insgesamt drei Autoinjektoren zu Tage gebracht, an denen offensichtlich Manipulationsversuche vorgenommen worden waren und die Isabellas Fingerabdrücke trugen. Für Vesna war dadurch die drohende Mordanklage vom Tisch.

Das größte Interesse der Kriminalisten galt dem Tödlein, oder eigentlich dessen Sarg. Von den insgesamt fünf Namen auf dem Deckel waren die letzten drei, Valeria, Alfonso und Alma, einwandfrei von Isabella eingeritzt worden. Valeria war der Vorname der letzten Frau von Dr. Rodriguez gewesen. Isabella hatte sie wohl vergiftet. Die beiden ersten, nur mehr schwach lesbaren Namen, Anna und Ignaz, gaben zunächst ein Rätsel auf, das jedoch Alma dank Isabellas Erzählungen aus ihrer Kindheit leicht lösen konnte. Isabellas Großvater hatte Ignaz geheißen und er war wohl so wie vor ihm die Magd Anna, von Isabellas Großmutter ermordet worden, die aber die Todesfälle der Gerechtigkeit des Himmels zugeschrieben hatte. Eine Recherche in den Archiven der lokalen Zeitungen ergab den Bericht über eine junge Magd, die nach einem Diebstahl ins Wasser gegangen war. Über den Großvater fand sich nichts; er war schwer alkoholkrank gewesen und man hatte seinerzeit wohl keinen Anlass gesehen, Nachforschungen bezüglich seiner Todesursache anzustellen.

Rumpler rief Becker an, zum einen, um sich nochmals bei ihm zu bedanken, zum anderen, um ihn zumindest in groben Zügen über die Ergebnisse der Untersuchungen am Laufenden zu halten. Es gab aber noch eine Frage, die ihn beschäftigte,

„Herr Becker, eines würd ich noch gerne wissen. Wie kommt es, dass Sie sich in der Villa so gut ausgekannt haben und woher hat Ihr Vorgänger seine diesbezüglichen Kenntnisse gehabt? Das kann doch kein Zufall gewesen sein.“

„Das war auch keiner. Mein Vorgänger war Krankenpfleger, aber seine eigentliche Leidenschaft war die Geschichte von Gebäuden. Er war eigentlich ein halber Historiker und die Villa hat ihn fasziniert. Er hat dazu ganz genaue Recherchen angestellt und herausgefunden, dass dort für einige Jahre eine Spielhölle für die feine Gesellschaft von Wien und Umgebung untergebracht war. Es wurde Hazard gespielt, aber auch andere Glücksspiele, von hohen Militärs, aber auch Adeligen, angeblich waren sogar Mitglieder des Kaiserhauses dabei. Wenn es zu Polizeikontrollen gekommen ist, sind alle rasch über das hintere Stiegenhaus hinaus. Schließlich hat aber ein verärgerter Dienstbote der Polizei das Geheimnis verraten und so ist alles aufgeflogen.“

„Jetzt versteh ich. Das ist ja eine interessante Geschichte. Und für uns natürlich ein besonderer Glücksfall.“

Schließlich kam Rumpler auch auf Arjeta zu sprechen,

„hat sie die Aufregungen der letzten Zeit gut verkraftet? Sie hat es wirklich nicht leicht gehabt.“

„Danke, es geht ihr soweit ganz gut. Sie macht sich nur wegen einer Arbeitsmöglichkeit Sorgen, weil sie ja keine Aufenthaltsbewilligung hat.“

Rumpler hatte sich diesbezüglich schon Gedanken gemacht und auch mit dem Yeti darüber gesprochen. Dieser hatte seine Kontakte genutzt und unter der Hand erfahren, dass in Anerkennung der wichtigen Rolle, die Arjeta als Zeugin gespielt hatte, die Erteilung der Aufenthaltsgenehmigung nur mehr eine Frage der Zeit war,

„ich versteh. Das sollte sich aber bald lösen. Was möchte sie

denn arbeiten?"

„Am liebsten hätte sie einen Job als Pflegerin für alte Leute."

Rumpler lächelte,

„dann hätte ich einen Vorschlag. Ich weiß, dass Paul Schulz eine Betreuerin sucht."

Becker seufzte,

„würde er sie denn nehmen, nach allem, was vorgefallen ist?"

„Ja, sogar sehr gerne. Ich hab ihm erzählt, wie sie sich aus der kriminellen Organisation befreit hat und bei der Aufklärung mitgewirkt hat. Er hat gemeint, dass sie sehr mutig ist und er sich sehr freuen würde, wenn sie für ihn arbeiten würde. Kennen gelernt hat er sie ja schon."

„Das ist ja großartig. Könnten Sie bitte ganz kurz dranbleiben? Ich bin gleich wieder da."

Im Hintergrund hörte Rumpler, wie Becker mit Arjeta sprach und vernahm einen Freudenschrei. Nach wenigen Augenblicken meldete sich Becker wieder,

„danke fürs Warten und auch danke für alles, was Sie für Arjeta getan haben. Ich hab ihr das gleich erzählen müssen, weil sie heute so traurig und besorgt war. Sie ist überglücklich."

„Das freut mich sehr. Sie soll sich bitte möglichst bald bei Herrn Schulz melden."

Er gab Becker die Nummer durch.

„Das macht sie gleich heute. Wo wohnt er denn jetzt, wo sein Haus verkauft worden ist?"

„Sein Neffe hat ihn eingeladen, für die nächste Zeit bei ihm zu wohnen. Sein Haus ist zum Glück groß genug. Und zumindest finanziell wird Schulz laut seinen Anwälten wahrscheinlich keinen Schaden erleiden, weil das Geld, das ihm herausgelockt wurde, in der Klinik investiert wurde und die Klinik selbst einen erheblichen Wert darstellt."

„Das ist ja einmal eine erfreuliche Nachricht."

„Wohl wahr. Ich wünsche Ihnen und Arjeta einen schönen Abend."

„Danke, den haben wir dank Ihrer Hilfe heute ganz sicher."

Rumpler blieb noch sitzen, um die Freude über seine gelungene Intervention auszukosten, aber nur kurz, weil Rosamunde erschien und ihre Rechte auf Futter einforderte. Ohne Aufschub. Jetzt, sofort.

52.

Johann Rumpler saß im besonnten Innenhof von Almas Haus, auf seinem Lieblingsplatz, gemeinsam mit Rosamunde, die sich ebenfalls sonnte und vor Behagen schnurrte. Seit der Rettung Almas waren bereits zwei Wochen vergangen, sie hatte die Schrecknisse der letzten Zeit erstaunlich gut verkraftet, und auch ihm selbst saß das Entsetzen nicht mehr so in den Knochen wie in den ersten Tagen. Der Yeti hatte ihm angeboten, zur Feier des gelösten Falls für alle Beteiligten ein Essen in der mittlerweile fertig renovierten Villa zu machen, ein ebenso freundliches wie verlockendes Angebot, aber Rumpler hatte sich trotzdem Bedenkzeit ausgebeten. Sein Gefühl sagte ihm, dass eine andere Umgebung besser passen würde, er wusste aber nicht, was er konkret wollte. Schließlich döste er ein, ein wenig auf die Seite gesunken, den linken Arm um Rosamunde gelegt, die sich dort eingerollt hatte. Im Halbschlaf wehte ihn ein Duft blühender englischer Rosen an, er sah vor sich einen großen grauen Kater mit mächtigem Schnurrbart, ein Musterexemplar an Katerwürde, ein kleines Haus tauchte auf, aus dem eine schöne alte Frau kam, dann sah er ein idyllisch gelegenes kleines Forsthaus. Rumpler wachte auf, blinzelte, sah auf Rosamunde und lächelte. Dank seines Traumes wusste er, wo er die Feier machen würde. Vor Jahren hatte ihn eine Mörderjagd ins Waldviertel geführt, in den winzigen Ort Tolzing. Er hatte den Fall nach erheblichen Schwierigkeiten gelöst und indirekt dazu beigetragen, dass zwei ebenso liebenswerte wie verschrobene alte Menschen zueinander gefunden hatten. Sie hatten noch einige gute Jahre miteinander verbracht und nach ihrem Ableben hatte er zu seiner Überraschung erfahren, dass sie ihn mangels Verwandter als ihren Erben eingesetzt hatten. Das kleine am Ortsrand gelegene Haus hatte er damals einer jungen Familie namens Hafner unentgeltlich zur Nutzung überlassen, die wegen eines Unglücksfalls vor

dem wirtschaftlichen Ruin gestanden war, es war jetzt wieder gut in Schuss und durch zwei kleine Kinder auch ordentlich belebt. Er hatte aber auch ein kleines, sehr romantisches Forsthaus geerbt, und genau dort würde die Feier stattfinden. Rumpler war bei seinem damaligen Fall nur ganz knapp dem Tod entronnen, sein Lebensretter hatte im Forsthaus gewohnt. Er rief Frau Hafner an, freute sich zu hören, dass in der Familie alles gut lief und fragte sie, ob sie die Vorbereitung der geplanten Feier übernehmen könnte. Sie sagte sofort zu, glücklich, endlich eine Gelegenheit zu haben, um ihm für seine Großzügigkeit zu danken. Er kündigte an, in den nächsten Tagen mit Alma zu einem Besuch und einer Besprechung vor Ort nach Tolzing zu kommen.

Um den Gästen eine problemlose An- und Abreise zu ermöglichen, hatte der Yeti einen kleinen Bus organisiert, der die Eingeladenen als besonderes Service an ihrer jeweiligen Adresse abholte. Für Rumplers alten Religionslehrer war die Fahrt zu anstrengend, er hatte dankend abgesagt. Paul Schulz war hingegen mitgekommen. Die liebevolle Pflege durch Arjeta tat ihm offensichtlich gut; er war zwar noch ziemlich schwach, hatte aber wieder eine frische Hautfarbe und einen lebhaften Blick. In der vordersten Reihe unterhielt sich der Yeti mit Alois Moser alias „Stinker", während seine Frau die Gelegenheit nutzte, Max und Sonja zu einem gemeinsamen Urlaub auf dem Chateau ihrer Familie einzuladen. Rumpler und Alma waren nicht im Bus, sondern schon am frühen Morgen mit dem eigenen Auto gekommen, um noch bei den Vorbereitungen der Feier mithelfen zu können. Das Wetter war hervorragend, der Himmel nur leicht bewölkt und es war nicht zu heiß. Auf der Forststraße kam der Bus nur langsam voran, bis schließlich nach einer Wegbiegung das kleine Forsthaus zu sehen war. Davor standen Heurigenbänke und -tische, die mit Blumensträußen geschmückt waren, es gab gut gekühlte Getränke und kleine schmackhafte Brötchen für den ersten Hunger. Nach der Begrüßung hatten alle Gelegenheit, sich zu stärken. Schließlich klopfte Rumpler an sein Glas

und bat um Aufmerksamkeit,

„es freut mich sehr, dass wir heute alle gemeinsam die Lösung eines schwierigen Falles gerade hier im Wald feiern können. Dieser Platz ist für mich etwas ganz Besonderes; mit diesem Forsthaus verbinde ich wichtige Erinnerungen. Dank Frau Hafner, die gemeinsam mit ihrem Mann das Haus so gut in Schuss hält und dazu auch noch wunderbar kocht, ist für alles bestens vorgesorgt. Aber bevor wir essen, will ich noch an zwei ganz besondere Menschen erinnern, denen ich viel mehr als nur dieses Haus verdanke. Beide, Anna Meier und Hubert Schramm, sind schon vor ein paar Jahren verstorben, aber sie sind mit ihrem einfachen, liebevollen Wesen für mich immer präsent. Hubert hat mir damals buchstäblich in letzter Sekunde das Leben gerettet. Anna, die bald nach Hubert verstorben ist, hat mir ihr eigenes Haus, das jetzt von Familie Hafner so erfreulich mit Leben erfüllt wird, vermacht und auch das Forsthaus. Wir sollen hier feiern, hat sie in ihrem Abschiedsbrief an mich geschrieben, mit Hornbläsern, weil Hubert diese Musik so geliebt hat. Und genau das machen wir jetzt. Trinken wir auf diese beiden wunderbaren Menschen, feiern wir das Leben. Ich freue mich sehr, dass ein junges großartiges Hornbläserensemble der Musikuniversität Wien bei uns ist, und ich bitte Sie um Ihre Darbietung."

Rumpler wies auf die kleine Gruppe, eine junge Dame und zwei Herren, die sich bereits positioniert hatte. Es wurde plötzlich still, nur Vogelgezwitscher und die kleinen Geräusche des Waldes waren zu hören, als das erste Horn mit dem weichen, warmen Klang, den Rumpler so liebte, einsetzte, das zweite antwortete und schließlich alle drei zusammenfanden. Es war reines Glück, die Zeit stand still. Als sie geendet hatten, wollte niemand den Zauber des Augenblicks durch einen Applaus stören. Erst als Rumpler der Dame des Ensembles einen Blumenstrauß überreichte und sich bei ihr und ihren Kollegen bedankte, setzte umso heftiger der Applaus ein, so lange, bis noch eine Zugabe gespielt wurde, diesmal ein sehr schwungvolles, beflügelndes Stück, das einen guten Übergang zum Essen darstelle, wie der

Leiter des Ensembles betonte. Und dieses Essen hatte es in sich. Es gab vorzüglich zubereitete Hausmannskost, Schweinsbraten mit Knödeln, ein großartiges Rehragout und auch noch andere Köstlichkeiten. Trotzdem war der Nachtisch der eigentliche Höhepunkt, an dem sogar die besten Diätvorsätze wirkungslos zerschellten.

Es gibt kaum etwas Köstlicheres als Marillenknödel, wenn es darum geht, ein festliches Schmausen würdig abzuschließen. So war es auch hier, wo dank der richtigen Jahreszeit voll ausgereifte, aromatisch-süße Früchte zur Verfügung standen. Das eigentlich Entscheidende war aber der Teig, der nicht zu fest und nicht zu weich, keinesfalls zu dick, aber schon gar nicht zu dünn sein durfte. Frau Hafner hatte Rumpler die Zusammensetzung und Herkunft ihres Rezepts verraten. Ein Jugendfreund, mittlerweile erfolgreicher Bauunternehmer, war in jungen Jahren mit dem Fahrrad die Wachau abgefahren, jenen mit Marillen und Wein gleichermaßen gesegneten Teil des Donautals. Vor allem in kleineren Gastwirtschaften war er damals eingekehrt und hatte sich genau nach den jeweiligen Rezepten erkundigt. „Die alten Weiber musst fragen, die wissen alles“. Aus der Fülle von Rezepten und Hinweisen hatte er dann nach langen und sorgfältigen praktischen Studien jenen optimalen Teig herausdestilliert, den er der alten Frau Naumann in Rossatz, gegenüber von Dürnstein, verdankte. Er fußte in den Hauptzutaten zu je einem Drittel auf Topfen, Erdäpfeln und Mehl. Damit nicht genug, kam es zuletzt auch noch auf das richtige Bestreuen der Knödel an, nicht etwa nur mit in Butter gerösteten Semmelbröseln, sondern es wurden zusätzlich noch geriebene Haselnüsse eingemengt, was einen fantastischen Geschmack ergab.

Kein Wunder daher, dass die Knödel der Frau Hafner mit unwiderstehlicher Gewalt einschlugen wie eine sanfte Bombe. Sie wurden trotz ihrer eindrucksvollen Menge ratzeputz aufgegessen. Rumpler hatte das einkalkuliert und in Erinnerung an seinen Lebensretter als Digestif eine Flasche des ebenso seltenen

wie köstlichen Kriecherl-Schnapses bereitgestellt, der nach dem opulenten Essen dankbar genossen wurde.

Schon während des Essens wurde der gelöste Fall diskutiert. Vor allem Paul Schulz zeigte sich höchst interessiert, von Rumpler, aber auch von Moser, der sich trotz hoher Arbeitsbelastung hatte freinehmen können, noch offene Details zu erfahren. Als die Gäste schon ein wenig müde wurden, traf der Kleinbus, den der Yeti organisiert hatte, ein, sie bedankten und verabschiedeten sich, der Bus holperte über den engen Waldweg und war bald außer Sicht.

Während sich Frau Hafner mit Unterstützung ihres Mannes und einer Freundin an die Aufräumarbeiten machten, besichtigten Rumpler und Alma ihr Quartier. Alma hatte sich nämlich ausdrücklich gewünscht, im Forsthaus zu übernachten. Wie sich herausstellte, gab es in der Kammer unter dem steilen Dach nur ein einziges, ziemlich großes Bett, das Frau Hafner frisch überzogen hatte. Überhaupt glänzte das Forsthaus vor Sauberkeit. Alma lächelte,

„da müssen wir uns gut einteilen, wer wo liegt, damit es keinen Kuddelmuddel gibt."

„Wir werden das einfach ausprobieren. Ein bisschen Kuddelmuddel ist auch was Feines."

Sie gab ihm einen zärtlichen Knuff in die Rippen,

„Schlimmer, Du!"

Vorsichtig kletterten sie die steile Treppe wieder hinunter. Es war ein windstiller klarer Abend und dank der langen Tage würde es noch etwa zwei Stunden hell bleiben.

Alma blickte ihn an,

„machst mit mir noch einen Spaziergang?"

„Sehr gerne."

Sie gingen schweigend und bedacht, um die Stille des Waldes nicht zu stören. Nur noch selten ließen sich Vogelstimmen hören. Immer wieder bückte sich Alma, pflückte da und dort ein paar Blumen, blaue Glocken, kleine weiße Sterne, gelbe Dolden, die am Wegrand meist in dichten Polstern wuchsen. Schließlich

kamen sie zu einem kleinen, romantisch gelegenen Teich mit einem verfallenen Landesteg. Rumpler blieb unwillkürlich stehen, ein kleiner Schauder durchlief ihn. Genau hier wäre er vor ein paar Jahren ermordet worden, hätte ihn nicht der alte Förster in buchstäblich letzter Sekunde gerettet und den jungen Kraufer, einen mehrfachen Mörder, gerade noch rechtzeitig erschossen. Alma drehte sich zu ihm hin und nahm seine Hand,

„du bist traurig, Lieber."

„Ja."

„Du trauerst um diesen jungen Mann, der zum Mörder geworden und hier gestorben ist."

„Ja. Vielleicht hätte ihm eine Behandlung oder Therapie geholfen, aber sein Vater hat Angst gehabt, dass er ihn verliert und hat nichts zugelassen."

Sie drückte seine Hand, löste sich dann von ihm und ging zu der Stelle dicht am Landungssteg, die sie nicht kennen konnte und die sie doch erfühlte. Genau dort war er gestorben und genau dort legte sie die Blumen behutsam nieder. Ein paar Blumen warf sie ins Wasser, sie trieben langsam davon wie winzige Boote. Als sie wieder zu ihm kam, lehnte sie sich an ihn, seine großen Hände auf ihrem Bauch, beider Atem fand zusammen.

„Ich bin so froh, dass es dich gibt, Liebe."

Sie antwortete nicht, drehte sich zu ihm hin, stellte sich auf die Zehenspitzen und küsste ihn so zärtlich und innig, dass die Welt um ihn versank.

„Ich möchte jetzt bald ins Bett, Lieber. Es wird schon finster."

Er lächelte. Sie machten sich auf den Heimweg, trotz ihres Alters zwei glückliche Kinder. Es wurde ein großes und vergnügtes Kuddelmuddel.

53.

Irland war gut für die Seele, darin waren sich Rumpler und Alma einig, als sie mit einem kleinen Hausboot den Fluss Erne im Nordwesten der Insel befuhren. Die Landschaft zog gemächlich vorbei, Vögel ließen ihren Gesang hören, ab und zu sprangen Fische aus dem Wasser, um sich gleich wieder mit lautem Platschen fallen zu lassen. Es waren nur ganz wenige Boote unterwegs. Am Vormittag hatten sie erfolgreich eine Schleuse gemeistert und jetzt genossen sie die Ruhe. Alles war einfach, auch das Essen, das sie sich in der kleinen, aber sehr praktischen Bootsküche selbst zubereiteten.

Maria Valsky hatte die Reise exzellent vorbereitet und sie auf zauberhafte Plätze abseits der großen Touristenströme aufmerksam gemacht, eine uralte Steinkirche etwa, Rastplätze mit wunderbarer Aussicht, romantische Burgen, auch ein sehr schön gelegenes Gestüt war zu Almas Freude dabei. Es dämmerte bereits, als sie ihren Anlegeplatz gefunden hatten, sie machten einen kurzen Spaziergang, um sich die Füße zu vertreten. Nach dem Abendessen saßen sie in den bequemen Liegestühlen an Deck, nahmen gelegentlich einen Schluck vom vorzüglichen Rotwein und bewunderten den Sternenhimmel, der sich wegen des Fehlens künstlicher Lichtquellen prachtvoll über ihnen aufspannte. Rumpler kannte nicht so viele Sternbilder wie Alma, er staunte über ihre detaillierten Kenntnisse. Schließlich hatte er aber auch etwas Wichtiges beizutragen, indem er erklärte, der Große Wagen sei eigentlich ein anderes Sternbild, nämlich die Große Katze, Rosamunde zu Ehren. Alma gab ihm recht.

Am nächsten Morgen brachen sie früh auf, es war ihr letzter Tag auf dem Hausboot, das sie laut Plan um sechzehn Uhr bei ihrer nächsten Anlegestelle zurückgeben sollten. Dort wäre bei einem kleinen Gasthof auch ein Mietwagen für sie vorbereitet. Sie trafen schon eine Stunde früher dort ein, ein alter Mann mit

wettergegerbtem Gesicht, der Pfeife rauchend am Landungssteg saß, übernahm das Boot und half ihnen, das Gepäck an Land zu bringen. Als sie ihn nach dem Gasthof fragten, wackelte er bedenklich mit dem Kopf und zeigte auf ein kleines, halb verfallenes Gebäude. Während sie darauf zu gingen hörten sie hinter sich das gedämpfte Motorengeräusch des Bootes. Sie deuteten dem Alten durch heftiges Winken, noch zu warten, aber er verstand wohl nicht, was sie meinten, lachte freundlich und winkte zurück, während sich das Hausboot immer weiter entfernte. Es war die erste unangenehme Überraschung, die sie auf dieser Reise erlebten. Der alte Gasthof war offensichtlich unbewohnt, es gab auch keine Gebäude in der Nähe, wo man hätte fragen können, eine Übernachtungsmöglichkeit war offensichtlich nicht gegeben und der Mietwagen war auch nicht da. Sie waren in einer Einöde gestrandet.

Mangels Alternativen beschlossen sie, bis zu dem Zeitpunkt zu warten, den Maria Valsky angegeben hatte. Und tatsächlich – um Punkt sechzehn Uhr hörten sie das Schnurren eines großvolumigen Motors und gleich darauf sahen sie das dazu passende Auto. Beide tauschten einen erstaunten Blick. Ein silbergrauer Bentley rollte majestätisch heran, der Chauffeur, ein vergnügter junger Mann mit kühner Nase, borstigen roten Haaren und schwer verständlicher Aussprache bat sie einzusteigen, verstaute ihr Gepäck in dem riesigen Kofferraum des Wagens und sie fuhren los. Nach einer etwa zehnminütigen Fahrt sahen sie auf einem Hügel vor sich ein mächtiges Herrenhaus liegen. Der Chauffeur durchfuhr die Allee, die zur eindrucksvollen Toreinfahrt führte und parkte den Wagen schließlich vor der breiten Stiege, die zum Eingang führte. Rumpler und Alma sahen einander verblüfft an. Das Rätsel war aber schnell gelöst, das Tor ging auf und zwei Frauen kamen heraus, eine vielleicht achtzig Jahre alte schlanke Dame mit vollem silbergrauen Haar, die sich trotz ihres Alters sehr gerade hielt, und ihr um etwa fünfzig Jahre jüngeres Ebenbild, Maria Valsky. Sie lachte über das ganze Gesicht und freute sich offensichtlich, wie gut ihr die Überraschung gelungen war.

Sie lief die Treppe hinunter und stellte dann die beiden ihrer Großmutter vor, die ein sehr gepflegtes, gut verständliches Englisch sprach.

„Wie schön, dass Sie hier sind. Herzlich willkommen in unserem Refugium. Ich bin Aileen und Sie müssen Alma und Johann sein. Ich habe Maria gesagt, dass sie Sie unbedingt herbringen muss. Sie sind bis zum Ende Ihres Urlaubs unsere Gäste."

„Vielen Dank, dass Sie uns an diesem zauberhaften Platz aufnehmen. Und auch danke an Sie, Maria, dass Sie die Reise so wunderbar organisiert haben."

Maria lachte,

„sehr gerne. Ich konnte allerdings der Versuchung nicht widerstehen, Ihnen mit dem desolaten Gasthof einen kleinen Schreck einzujagen."

Ihre Großmutter wandte sich an Alma,

„Maria hat schon als Kind solche Streiche geliebt. Aber jetzt kommen Sie, meine Liebe. Sie müssen müde sein. Lea wird Ihnen Ihr Zimmer zeigen, Sie können sich frisch machen und um acht Uhr gibt es dann Abendessen."

Sie hatte wohl Almas unwillkürlichen, leicht besorgten Blick richtig gedeutet,

„ganz leger. Bei uns ist alles sehr einfach."

Alma lächelte dankbar.

Lea war sicher schon über siebzig, eine kleine Frau, leicht verschrumpelt, sehr freundlich, mit einem verschmitzten Lächeln. Das Stiegensteigen bereitete ihr offensichtlich einige Probleme. Der Chauffeur kümmerte sich um das Gepäck. Das ‚Zimmer' stellte sich als eine sehr großzügige eigene Wohneinheit mit einem Vorraum samt eingebautem Schrank, einem Schlaf- und einem Wohnzimmer heraus. Die Möbel waren aus hellem freundlichem Holz, eine solide alte Handwerksarbeit mit schönen Messingbeschlägen. Lea weihte sie in die Tücken der Fensterbeschläge ein, die sich nur mittels einer eigenen Technik öffnen ließen, zeigte ihnen den kleinen Kühlschrank und informierte sie über die Essenszeiten. Alma wollte ihr gerne ein Trinkgeld

geben, war aber nicht sicher, ob Lea das vielleicht als unpassend empfunden hätte. Sie hatte daher schon im Stiegenhaus herausgefunden, dass Lea zwei Kinder und drei Enkelkinder hatte und mit dem vielfach bewährten Zusatz „für die Enkelkinder“ wurde das Trinkgeld gerne angenommen.

„Schön ist es hier“, meinte Alma, als sie allein waren. „Ich fühl mich wie in einem Märchen.“

„Ja, es ist ganz zauberhaft hier.“

Sie genossen den Komfort des großen Marmorbadezimmers und zogen sich zum Essen um. Als sie die schön geschwungene Treppe hinuntergingen, kam ihnen Maria bereits entgegen und bat sie zunächst in die Lounge, wo sie einen Aperitif nahmen. Während sie in aller Ruhe ihre Getränke genossen, erzählte ihnen Aileen etwas zur bewegten Geschichte des Hauses. Schließlich gingen sie in das Speisezimmer, das durch einen uralten Tisch aus massivem Eichenholz dominiert wurde. Alma und Rumpler wurden von Aileen so platziert, dass sie den Blick in den wunderschönen Garten hatten.

„Heute sind wir nur im ganz kleinen Kreis. Das passt gut, um eine lange spannende Geschichte zu hören. Aber hier kommt Lea mit dem Essen.“

Es gab eine große, sehr vielfältige und besonders schön angerichtete Gemüseplatte, dazu gegrillten Lachs mit Kräuterbutter.

Nach dem Essen wechselten sie in den Salon mit seiner gemütlichen Sitzecke. Es gab einen mächtigen offenen Kamin, an den Wänden hingen neben einer umfangreichen Ahnengalerie zahlreiche Bilder von Rennpferden, offensichtlich eine Leidenschaft der früheren Besitzer des Hauses. Maria schenkte aus einer großen Karaffe Portwein ein. Alma dankte ihr und wandte sich dann an Aileen,

„könnte Lea nicht eigentlich schon in Pension gehen?“

Die Gastgeberin lächelte,

„eigentlich schon. Aber das geht nicht. Es ist für Lea eine Frage der Ehre. Vieles fällt ihr schon schwer, aber sie lässt es sich nicht nehmen, weiterzuarbeiten.“

„Aber wie schafft sie das dann überhaupt?“

Aileens Augen blitzten vergnügt,

„ich habe einen Ausweg gefunden. Jeden Dienstag hat Lea ihren freien Tag und da kommen zwei Frauen aus dem Ort und machen alles so gründlich sauber, dass nicht mehr so viel zu tun ist. Lea darf das natürlich nicht wissen, sie ahnt höchstens etwas. So funktioniert das bei uns.“

Aileen wandte sich Rumpler zu,

„aber jetzt, wo wir gemütlich beisammensitzen, wird es Zeit für eine lange Geschichte, vielleicht ein Märchen, mit guten und mit bösen Menschen. Maria hat mir nur erzählen können, wie seltsam alles begonnen hat und ich wüsste gerne, wie es dann weitergegangen ist. Wollen Sie es uns erzählen, Johann?“

Rumpler gefiel die Art, wie sie ‚Johann‘ aussprach und auch die Tatsache, dass sie so wie er selbst die Ähnlichkeiten von Märchen und von Kriminalgeschichten erkannte. Er lächelte, nahm dann bedächtig einen Schluck Portwein,

„es war einmal eine Prinzessin, die war nicht nur schön und klug, sondern sie hatte eine ganz besondere Gabe. Sie konnte nämlich besser zuhören als jedes andere Mädchen im ganzen Königreich.“

Aileen griff nach der Hand ihrer Enkelin, sah sie an und lächelte,

„ich glaube, das wird eine gute und spannende Geschichte.“

Es war schon weit nach Mitternacht, als Rumpler mit seiner Erzählung fertig war. Aileen blickte auf Alma,

„Gott sei Dank, dass das für Sie gut ausgegangen ist, Alma. Das war so spannend, dass ich gar nicht mitbekommen habe, wie spät es schon ist. Ich schlage vor, dass wir uns alle gründlich ausschlafen und morgen, wenn das für Sie passt, um elf Uhr einen Brunch nehmen, auf meinem Lieblingsplatz mitten im Kräutergarten. Morgen wird es nämlich wieder spät werden. Marias Freund kommt aus den USA zurück und wir haben für den Abend noch ein paar junge Leute eingeladen und werden eine richtig schöne Feier machen, mit Musik und allem, was da-

zugehört. Und jetzt schlafen Sie gut. Es ist so schön, Sie bei uns zu haben."

54.

Der Strafprozess zu den kriminellen Machenschaften in der Klinik fand unter größtem Interesse der Medien statt. Schon im Vorfeld der Verhandlung hatte es gemäß der Berichterstattung weitgehend Einigkeit darüber gegeben, dass Vesna Kostic Dr. Rodriguez ermordet hatte, während dessen Witwe der Öffentlichkeit als unschuldiges Opfer präsentiert wurde. Als aber plötzlich die überzeugenden Beweise über die Täterschaft eben dieser Witwe aufgetaucht waren, hatten die Medien eine geradezu atemberaubende Kehrtwendung hingelegt und zeigten nunmehr Vesna Kostic als das Opfer einer bösartigen Intrige der wahren Mörderin. Der sehr geschickte Strafverteidiger erkannte und nutzte die Gunst der Stunde, indem er die Verantwortung sowohl Dr. Rodriguez als auch den Pflegerinnen zuschob, während seine Klientin als selbstlose Wohltäterin, die Geld für einen guten Zweck gesammelt hatte, und die man schamlos hintergangen hatte, präsentiert wurde. Die Vorwürfe einer privaten Bereicherung wurden mit dem Argument entkräftet, es sei wohl legitim, dass jemand, der sein ganzes Leben dem Wohl der Demenzkranken gewidmet hatte, für den persönlichen Aufwand zumindest teilweise entschädigt wurde. Die öffentliche Meinung war komplett umgeschwenkt, seit Klarheit über den Mord bestand, sie liebte die Zwischentöne nicht, sondern nur klare Zuschreibungen von Schuld und Unschuld, Vesna Kostic war unschuldig, Punktum. Schließlich kam es so weit, dass sie in allen Punkten der Anklage freigesprochen wurde, in den meisten zwar nur im Zweifel, aber immerhin. Die Pflegerin Malic bekam eine mehrjährige Haftstrafe, Frau Dr. Weitensthal-Rodriguez wurde als nicht zurechnungsfähig, aber gleichzeitig sehr gefährlich eingestuft und in eine Anstalt für geistig abnorme Rechtsbrecher eingewiesen. Mirko Jovanovic war für die österreichische Justiz nicht greifbar, weil ihn Italien aufgrund zahlreicher in seinem

Heimatland begangener Verbrechen auf Ersuchen Serbiens dorthin ausgeliefert hatte.

Die Staatsanwaltschaft verzichtete auf eine Anfechtung der Urteile, die daher umgehend rechtliche Gültigkeit entfalteten.

Moser war fassungslos, als er davon hörte. Rumpler wollte er auf dessen Irland-Reise nicht stören, also rief er den Yeti an. Wenn er sich von ihm ein Wort des Trostes erhofft hatte, dann hatte er sich getäuscht. Ganz im Gegenteil:

„Moser, ich sag Ihnen, so schlimm das Ganze ist. Ich fürchte, das war noch nicht alles. Da kommt noch ein Nachspiel."

Er sollte recht behalten.

55.

Vor dem späten Frühstück hatten Rumpler und Alma noch die Gelegenheit genutzt, die Umgebung des Herrenhauses zu erkunden und sie brachten von ihrer etwa eineinhalbstündigen Wanderung einen kräftigen Appetit mit. Der Frühstückplatz war zauberhaft. Im Zentrum des quadratischen Kräutergartens, der mit etwa zwanzig mal zwanzig Metern ein respektables Ausmaß hatte, war eine dicht bewachsene Laube mit kleinen blauen Blüten, die ausreichend Schatten bot. Der große Tisch war reich gedeckt, es gab in unmittelbarer Nähe sogar eine Kochgelegenheit, Eierspeisen wurden zubereitet, der köstliche Duft von frisch gebratenem Speck lag in der Luft. Umgeben war die Laube von zahlreichen aus Natursteinen errichteten Hochbeeten, in denen eine Vielzahl von Kräutern wuchs. Noch vor dem Frühstück hatte Aileen ihren Gästen den Kräutergarten kurz gezeigt und sie auch immer wieder zu Kostproben eingeladen. Duft und Geschmack der verschiedenen Arten von Basilikum, Thymian, Salbei und anderen Kräutern waren betörend.

Maria war beim Frühstück nicht von Anfang an dabei, weil in den frühen Morgenstunden ihr Freund aus den USA zurückgekommen war. Gegen dreizehn Uhr kamen sie dann, beide verschlafen und glücklich. Maria stellte ihren Freund Peter vor, einen jungen Hünen mit borstigem, strubbeligem Haar. Nach dem ersten starken Kaffee schwand die Müdigkeit und es war eine Freude zu sehen, wie gut es den jungen Leuten schmeckte.

Als alle zufrieden und gesättigt in ihren bequemen Sesseln ruhten, berichtete Rumpler von ihrer Entdeckungsreise. Er deutete zu einem kleinen Hügel,

„vor dem Frühstück haben wir noch die Umgebung erkundet. Dort oben, hinter der kleinen Blockhütte, sind wir auf einen verwachsenen Weg gestoßen, der uns zu einem großen Stein mit einem Loch darin geführt hat.“

Aileen blickte überrascht auf,
„haben Sie ihn tatsächlich entdeckt? Er ist gar nicht leicht zu finden.“
Alma nickte,
„das stimmt. Erst sind wir auf einen uralten Weißdorn gestoßen. Ein magischer Platz.“
Aileen lächelte,
„Sie haben es also gespürt, Alma? In Irland gelten die Plätze, an denen ein Weißdorn wächst, oft als Eingang ins Feenreich. Haben Sie den Stein eigentlich berührt?“
„Wir haben unsere Hände durchgesteckt und gehalten.“
Aileens Lächeln vertiefte sich,
„Sie haben alles richtig gemacht. Das ist ein ‚marriage stone‘, ein Stein des Versprechens.“
Das war es also gewesen. Rumpler, der eigentlich nicht viel von Esoterik hielt, hatte bei dem Stein seine Verbindung mit Alma unglaublich stark gefühlt. Sein geschulter Blick nahm bei Maria eine minimale Bewegung wahr, auch Alma und Aileen hatten es bemerkt. Ihr Blick war völlig in den ihres Freundes versunken. Der „Marriage Stone“ würde nicht lange auf das nächste Paar warten müssen.
Aileen hob ihr Glas,
„meine Lieben, trinken wir auf das Leben und alles, was es zusammenhält.“
Sie stießen an,
„auf das Leben.“
Und auf Rosamunde, dachte Rumpler.

EPILOG:

Etwa sechs Wochen nach der Irland-Reise saßen Rumpler, Alma und Moser im Wohnzimmer von Almas Haus vor dem Fernseher, vor sich einige frisch geröstete würzige Crostini. Dazu gab es noch einen leichten Weißwein aus der Südsteiermark. Im Rahmen einer der beliebten Nachmittagsshows, bei denen Menschen ihre schweren Schicksale detailliert vor den Zuschauern ausbreiteten, würde Vesna Kostic auftreten.

Die Moderatorin startete gleich mit dem spektakulärsten Punkt,

„Frau Kostic, Ihnen ist ein schreckliches Unrecht widerfahren. Sie wurden von den Behörden des Mordes an dem Mann verdächtigt, den Sie geliebt haben. Wie geht es Ihnen damit und haben Sie vor, die Behörden wegen ihres Fehlverhaltens rechtlich zu belangen?"

Moser konnte sich einen Kommentar nicht verkneifen,

„is die ganz teppert worden?"

Rumpler gab ihm recht. Nicht die Behörden hatten die Vorverurteilung von Kostic zu verantworten, sondern die Medien, die aber dann schnell die Seite gewechselt hatten.

Kostic hatte sich für den Fernsehauftritt mit einem Hosenanzug sehr dezent gekleidet und auch ihre Antwort wirkte überhaupt nicht aufgeregt, sondern ruhig und besonnen,

„was vorbei ist, ist vorbei. Ich habe immer gewusst, dass ich unschuldig bin, und das hat mir in der schweren Zeit Kraft gegeben. Den Behörden mache ich keinen Vorwurf, weil mir die Täterin den Mord so perfekt in die Schuhe geschoben hat, und von der Polizei darf man sich schließlich auch keine Wunder erwarten."

„Aus Ihnen spricht eine große Gelassenheit und Reife. Sind Sie in dieser schweren Situation persönlich gewachsen?"

Wieder ließ sich Moser hören,

„das Gfrast. Noch schlauer is sie worden."

Sie schlug die Beine elegant übereinander,

„ich denke schon. Und ich habe immer darauf vertraut, dass die Wahrheit ans Licht kommen wird."

„Was haben Sie nach diesen schlimmen Erfahrungen in nächster Zeit vor?"

„Ich werde mich wie bisher weiterhin um die Demenzkranken kümmern, Geld einsammeln, für gute Betreuungsmöglichkeiten sorgen, die Forschung unterstützen."

Moser hatte einen roten Kopf bekommen,

„das gibt's ja gar nicht. Die falsche Hex wird wieder den alten Leuten das Geld aus der Tasche ziehen. Eine unglaubliche Frechheit!"

„Aber glauben Sie nicht, dass es für Sie, nach allem was Sie durchgemacht haben, emotional zu aufwühlend wird, sich wieder so zu engagieren?"

„Es kann schon belastend werden, aber das nehme ich für dieses schöne und wichtige Projekt gerne in Kauf."

Moser schnaubte vor Zorn,

„belastet is sie nur, wenns das viele Geld heimtragt, das sie den alten Männern aus der Tasche zogen hat, weils Börsel so schwer wird."

„Dann wünschen wir Ihnen für Ihre wichtigen Pläne viel Erfolg und würden uns sehr freuen, später darüber auch berichten zu können."

Alma schaltete das TV-Gerät aus, Moser fluchte vor sich hin, Rumpler kraulte Rosamunde am Kopf, der unglaubliche Satz von Dr. Roschansky fiel ihm ein,

„Sie haben recht, aber Sie werden sehen, das macht nichts."

Zum Cover

Ich habe Jürgen Bley, der das Cover von „Tödlein“ gestaltet hat, auf einem Malseminar in Feistritz am Wechsel kennengelernt. Die Entstehung des Bildes im Juli 2018 konnte ich mitverfolgen und ich erinnere mich gut an die Mischung von Faszination und Entsetzen, die das Bild damals bei mir ausgelöst hat.

Als ich Jahre später die Geschichte vom „Tödlein“ entwickelt habe, ist dieses Bild plötzlich wieder aufgetaucht, weil es das Alptraumhafte eines mörderischen Innenlebens wiedergibt, von dem meine Geschichte handelt. Ich danke Jürgen für seine Bereitschaft, das Bild zur Verfügung zu stellen und das Cover zu gestalten.

Mehr zu Jürgen Bleys Werken: www.bli-art.at

Der Autor

Über den Autor

Rudolf Trink: 1954 in Wien geboren, pensionierter leitender Angestellter im Bankwesen, hat nach zwei Sachbüchern zum Thema Geld mit „Tödlein“ seinen vierten Kriminalroman in der Rumpler Rosamunde-Reihe herausgebracht.

Herzliche Einladung zum Besuch auf *www.kraffftvoll.at*,

unserem Verlagsportal.

Hier finden Sie/ findest Du

aktuelle Informationen zu unseren bisherigen Buchpublikationen

sowie zu deren Autor:innen

Rezensionen und Reaktionen auf bisher Erschienenes

sowie

Neuerscheinungen!

Sollten Sie uns schreiben wollen – wir freuen uns über jede Rückmeldung – bitte unter *feedback@kraffftvoll.at*. Herzlichen Dank!

Kraffftvoll
VERLAG

Tödlein